D E A R + N O V E L

カモフラージュ
～十年目の初恋～

いつき朔夜
Sakuya ITSUKI

新書館ディアプラス文庫

S H I N S H O K A N

カモフラージュ～十年目の初恋～

目次

イラストレーション／香坂あきほ

十年目の初恋

輸送機のタラップから降り立った春暁《はるあき》は、胸いっぱいに空気を吸い込んだ。爽《さわ》やかな若葉の香りがする。それに混じるさまざまな生活臭《しゅう》までが、懐かしい。

——やっぱり、日本の五月は最高だ。

暑くも寒くもない。風は乾きすぎてもいなければ、じっとり湿気《しけ》ってもいない。この季節、北部九州としてはあたりまえの気候を、しみじみありがたく感じた。

春暁たち迷彩服の一団が空港ロビーを横切って行くと、居合わせた客から好奇のまなざしが浴びせられた。戦闘服《せんとうふく》を作業着、兵器を武器と言い換えても、やはり戦闘集団には違いない。この平和な世界では、さぞ異質に見えることだろう。

その場の誰も、春暁らの任務を理解しているような様子はなかった。災害直後なら、もう少し違っていたかもしれないが、一年もたてば世間の関心は薄れている。

もとから政情不安だった東南アジアの小国で大水害が起こり、多くの犠牲《ぎせい》が出た。国家の体《てい》を成《な》さないほどの惨状《さんじょう》回復には、他国の支援を必要とした。そこで、地理的にも外交的にも距離の近い日本の自衛隊が、主《おも》にその任を負うことになったのだった。

三ヵ月ごとに派遣《はけん》部隊を入れ替えて、援助は今も継続している。

春暁らは四次派遣だった。「四番煎《せん》じ」ともなれば話題性がないのか、地元マスコミにさえ取り上げられなかったくらいだ。

遊佐《ゆさ》春暁は二十二歳で入隊し、四年目を迎えた普通科の士長《しちょう》で、特化した技術のない、ごく普通の任期制隊員である。軽火器取《と》り扱《あつか》いと装輪《そうりん》操縦の資格は持っているが、それは普通科隊員としての基本だった。唯一《ゆいいつ》の特技は、民間にいたとき取った調理師の免許だ。

それが今回は非常に役だった。野外での作戦中は、自分たちで食事を作らねばならない。誰でも当番を務めるのが建前だが、腕の良し悪《あ》しはある。春暁のときは味が違う、と喜ばれた。居酒屋でバイトをしながら調理学校に一年通っただけだが、中学高校では自分で弁当を作っていた。そこからキャリアに数えれば、ベテランの域《いき》である。

そのうえ春暁は体力と運動神経にも優《すぐ》れ、よく気が回る。いろいろな場面で仲間や現地民たちに頼りにされ、感謝されて、やりがいを感じた。きつい任務だったが行ってよかった。とはいえやはり、日本の土を踏むとほっとする……。

部隊は、通行人の邪魔にならないよう、科別に整然と並んで外に出た。

空港管理事務所の裏手に、オリーブドラブ色の幌《ほろ》つきトラックが待っていた。駐屯地《ちゅうとんち》からの迎えだ。春暁らはすぐ、四台のトラックに分散して乗り込んだ。

駐屯地での帰隊セレモニーは、あっさりしたものだった。

派遣隊員には、このあと一週間の特別休暇《きゅうか》が与えられる。営外に住む家族持ちの隊員たちはもちろん、営内居住の者たちも、ほとんどがそれぞれの実家に帰って行った。

春暁には「実家」と呼べるものはない。母が厄介《やっかい》になっている兄夫婦の家に顔を出し、心づくしの夕食をごちそうになって、その日のうちに帰隊してきた。

隊舎の通用口で、ばったりと知り合いの一曹《いっそう》に出くわした。今は直属ではないが、三年前の教育隊では、班長として世話になった人だ。

相手は足を止め、春暁の敬礼にしかつめらしく応《こた》えたかと思うと、いかつい顔をくしゃくしゃにして笑いかけてきた。

「おう。さすがに焼けたな。向こうじゃ、よほどよく働いたと見える」

どん、と背中を叩かれる。春暁も、つくろわない笑顔で応えた。

「おかげさまで。元気に戻って参りました！」

「自分から手を上げたんだってな。隊の誉《ほま》れだよ。本当にごくろうさん」

深々と頭を下げられてしまった。少々くすぐったい。

使命感をまったく持たないとは言わないが、春暁が自衛隊に入隊したのは、そもそもが「金を貯《た》める」ためだった。自分で店を持つ、という夢があったのだ。

むろん、世の中にはもっと稼《かせ》げる仕事もある。だがここは衣食住つきで、もらった金の遣《つか》い道《みち》がない。また、昔に比べればずいぶん緩《ゆる》くなったとはいえ、営内生活者には、外出するにも一定の制限がある。金を貯めるには、ますます好都合だ。

それでも、一任期二年では目標額を達成できなくて、昇進試験は受けないまま、任期を延長した。

自衛隊が肌《はだ》に合わない者は、ふつう一任期で退職していく。任期を更新したということは、長く居《い》るつもりがあると取られがちだ。

たしかに、居心地は悪くなかった。春暁は、高校では陸上部に所属していたが、ガチガチの体育会気質ではない。なのに、究極の体育会である自衛隊に、それなりに順応しているのが不思議だった。

思いのほか苦痛ではなかった理由は、じつは自衛隊の本質にあった。根性より規律。これみよがしな苦行者のポーズは不要だ。上官の命令に従い、淡々と課業をこなすだけでいい。ある意味、とても楽なのだ。

だからといって、自衛隊に骨を埋《うず》める気はない。四年目にしてどうやら貯金も目標額に届く見込みがついた。海外派遣の特別手当が最後のひと押しをしてくれたし、今はもう人生の次のステップに足を掛けている。

なのに一曹は、派遣の話から唐突に、曹昇進試験のことを持ち出してきた。春暁はにこやかに、だがきっぱりと「それはないです」と断った。ことあるごとに、いろいろな立場の人から勧められて、いいかげんうんざりしている。

春暁がくだくだしい言い訳をしなかったからか、向こうは案外あっさり解放してくれた。

隊舎の中は、病院のそれのような味気ない廊下の片側に、これまた無味乾燥なドアが並んでいる。

居室には春暁より上の者はいないから、ノックの必要はない。黙って開けて入ると、部屋は無人だった。この時間なら同室者はおそらくみな、風呂にでも行っているのだろう。

春暁は荷物を床に投げ出し、窓際の自分のベッドにどさりと腰を下ろした。

陸士クラスの居室は四人部屋で、四隅にベッドがあり、それぞれにロッカーと机を備えている。きちんと整頓《せいとん》され、掃除の行き届いた空間は、派遣先でのテント暮らしに比べれば天国といっていい。

持ち帰ったカバンから洗濯《せんたく》済みの作業着を出し、ロッカーにしまおうとして、春暁は手を止めた。詰め方が悪かったのか、大きな皺《しわ》ができている。

早速、ロッカーの下段から折りたたみのアイロン台とスチームアイロンを取り出す。そして、慣れた手つきでアイロンかけを始めた。

春暁も、生まれつきこんなに几帳面《きちょうめん》だったわけではない。新人教育で、厳格《げんかく》に叩きこまれるのだ。靴《くつ》は顔が映《うつ》るほど磨《みが》け、ズボンの折り目は髭《ひげ》が剃《そ》れるくらいにピシッとさせろ、と。

こういうことは、身につけておいて損になることでもない。春暁はむしろ積極的に、そうした指導に従った。それでなおさら、上の者からは「見所がある」と思われてしまって、繰り返し昇進の勧誘を受けるようになったのかもしれない。

アイロンかけを終え、部屋用のサンダルに履《は》き替《か》えて半長靴《はんちょうか》を磨いていると、同室の仲間たちがわいわいと帰ってきた。

春暁の帰隊は知っていても、今夜から宿舎に戻るとは思わなかったのか、驚いた顔で口々に言葉を投げかけてくる。

「えー。遊佐、家に帰らんかったんか?」

「おつかれさ〜ん!」

「暑かったろ、あっちは」

見慣れた顔、なじんだ雰囲気《ふんいき》に、春暁は、我が家に帰ったようなくつろぎを感じた。

靴磨きの手を休めないまま、

「ナカは変わりないか」

訊《き》いてはみたが、「あいかわらずよ」と返ってくるものと思っていた。

ところが同郷で同期の田平《たひら》士長は、勢い込んで身を乗り出してきた。

「医官、代わったとぞ」

大ニュースのように言われても、ぴんとこない。

丈夫《じょうぶ》がとりえの春暁は、めったに医務室に行ったことがない。前任者は、山羊《やぎ》のように温和な初老の医官だったとしか覚えがなかった。

「ふうん?」

軽く受け流すのへ、相手はいっそう熱心に言《い》い募《つの》る。

「それがよお。すっげえ美人なんよ」

さすがに、靴から目が離れた。

「えっ。女医なのか⁉」

まさかあ、と田平は笑い、隣のベッドに腰を下ろした。

「このごろは女の医官もいるっつうけど、さすがに駐屯地勤務はさせんだろ。そんな、おまえ、AVみたいな展開を期待すんなよ」

「なんだ。男の美人か」

営内では、よく冗談でそんなことを言う。なにしろ、千二百人の隊員中、女性は十数人だ。数少ない女をからかってセクハラで訴《うった》えられるよりは、ホモネタで盛り上がる方が罪《つみ》がない。

もちろん、何事にも裏はある。たまに「本物」がいるのは、公然の秘密だ。

「で、いくつくらいだ？」

「病院で、研修を済ませたばっかりなんやと。それでもう二尉《にい》だってんだから、医者は別格だよなあ」

防衛大出の幹部は、候補生課程を終えた時点で三尉だ。医大は六年制だし、その後に研修医期間があるのだから、年齢的にはトントンだろうと思うのだが、着任時点での階級が高いということで、多少やっかみが入るらしい。

医官という立場は、じっさい、ちょっと微妙なところがある。

陸上自衛隊には、大所帯の普通科のほか、需品科《じゅひんか》、機甲科、特射科と、職種ごとの区分があるが、医者という職種はあまりにも専門的すぎる。

それでも自衛官は自衛官だから、万が一にも上級の尉官がすべて斃《たお》れたときは、中隊クラスの指揮《しき》をとる権限もあるのだ。医者に率《ひき》いられて戦う、と考えれば、違和があるのも無理はないかもしれない。

「美人はほんとですよ」

最年少の子供じみた二士までもが通路越しに伸び上がって言うので、春暁にも興味がわいてきた。

ここは九州という土地柄《がら》もあって、勇猛《ゆうもう》で聞こえた連隊だ。一筋縄《ひとすじなわ》ではいかない古参や、気の荒い若手も多い。ただ一人の医官として医務室を預かるのは、経験の浅い若い幹部には荷が重そうだ。気が弱くて断れなかったのだろうか。それとも逆に、よほど骨のある男だからか。おそらく三十にもならぬ若さで、冗談半分にもせよ「美人」と称される容姿。そしてどうやら、初任地であるこの駐屯地の医療を、曲がりなりにも切り回している。

いったいどんな人物なのか。会ってみたい、と心が動いた。

次の日、春暁は朝のうちに医務室を訪れた。

海外帰りであることを理由に、診察を受けようと思ったのだ。それはむろん口実で、噂《うわさ》の新任医官に拝謁《はいえつ》するのが主目的だった。

医務室は一号隊舎の裏手にあり、小さいながら独立した別棟になっている。

玄関から続く短い廊下の行き止まりに、「診察室」と書かれたドアがある。ノックするとすぐ、「どうぞ」と返ってきた。

柔《やわ》らかいのに、ぴんと張りのある、やや高い声。好ましい声質だ、と感じるとともに、記憶の底からゆらゆらと浮かび上がってくるものがあった。不思議なざわめきにとまどいながら、春暁はドアノブを回した。

「失礼します！」

一歩入ると、午前の清新な日光が目を射た。正面が窓になっていて、窓に対して直角に医師の机がある。反対側に診察台、そしてカーテンの向こうにはベッドが並んでいるはずだ。

学校の保健室みたいな空間だ、と思った。そういえば、駐屯地の医官には、なんだか養護教諭《きょうゆ》めいたイメージがある……。

医務室の新しい主は、窓を背にしてこちらを向いている。逆光になって顔はよく見えないが、自衛官にしてはほっそりしているようだ。

奇妙なことに、医官は「誰か」とも「来い」とも言わず、沈黙している。

「あの……？」

そういえば、まだ新任医官の名前も聞いていなかったと思いながら、春暁はどう声をかけたものかとためらった。

相手はドアの外で聞いたのとはうって変わった、変に掠《かす》れた声で問いかけてきた。

「まさか、遊佐……?」

「え? ええ、はい、そうですが……」

春暁はとまどって口ごもった。なぜこの人は、昨日まで部隊にいなかった自分の名を知っているのか。

相手はふいと横を向いた。

あいかわらず目鼻立ちははっきりしないが、シルエットだけでも、その繊細《せんさい》な造形はわかる。医者だという先入観を抜きにしても、見るからに理知的で端整な印象だ。

医官は手を上げて、ブラインドを下ろした。眩《まぶ》しいほどの初夏の陽光がさえぎられ、室内は人工の白々とした光に照らされた。

こちらに向き直った男の顔は、今こそはっきりと見てとれた。

切れ長の一重《ひとえ》なのに、瞼《まぶた》が腫《は》れぼったくない。きりっとした細い眉《まゆ》と釣《つ》り合《あ》いがとれている。すっきりした形のいい鼻梁《びりょう》、その下の唇は薄いが綺麗な弧を描き、上唇は二つの山がやや鋭角に尖《とが》っている。頬から顎《あご》の線は、ぴんと張り詰めて滑《なめ》らかだ。

なるほど、美人ではある。

——いや、そうじゃなくて。

春暁はごくりと唾《つば》を呑《の》んだ。相手が自分を知っているのも道理だ。自分も彼を知っている。

春暁は喘《あえ》ぐように、言葉を発した。

「あ、浅倉《あさくら》……先輩……?」

先に立ち直ったのは、相手の方だった。動揺と激情は、速い雲のように顔を横切って消えた。

整った顔をいっそう硬く引き締め、一声。

「先輩とは何だ!」

ぴしりと鞭打《むちう》たれて、春暁は我に返った。姿勢を正し、さっと敬礼する。

「し、失礼しました、浅倉二尉! 遊佐士長です。た、体調に不安があって、参りました!」

無帽《むぼう》の医官は敬礼を返すことはせず、十度きっかりの会釈《えしゃく》をよこした。

「かけなさい」

顎で示されて、彼の前の丸椅子に、すとんと腰を落とす。体の中心にふいに真空が生じたようで、流れ込んでくる風が渦《うず》を巻いていた。頭がぐらぐらする。

だが浅倉の方は、まっすぐに顔に当ててくる視線に、もう揺らぎはない。

「自覚症状は」

情味の感じられない声だった。まるで、何かに耐えているか、隠しているかのようだ。あるいは、自分が勝手にそう妄想《もうそう》しているだけなのか。

「ええと……全身がだるいというか……しゃっきりしないというか……俺、いえ、自分は、昨日まで外地におりまして」

焦《あせ》ってしどろもどろになってしまう。

「……つまり、海外派遣から帰ったところなんで、水あたりということもあるか、と」

意図したわけではないが、彼の前に降ってわいたことの釈明《しゃくめい》になっていた。

医官はフンと鼻であしらった。

「気のせいだ」

ひとことで断じて、書きかけたカルテをわきにどける。

春暁は、おそるおそる問い返した。

「それはその、気の病、ということでありますか」

相手は、ひきつらせるように口角を上げた。

「それほど繊細《せんさい》な神経じゃないだろう。それともこれは『攻撃的偵察《ていさつ》』か？　そういうことがしたければ、スズメバチの巣に爆竹でも投げてこい」

皮肉な笑みが、蜂の針《はり》のようにチクチクと胸を刺す。舌がこわばって、何も言い返すことができなかった。

古株の曹クラスには、ずいぶん底意地の悪いヤツがいる。口の利《き》き方《かた》に注意を要する尉官も、一人二人ではない。後輩も三つ四つ年が離れると、もう世代が違う感じで、扱いにくいと感じることもある。そういう難しい相手を押したり引いたりしてうまくつき合うのは、得意中の得意だ。なのに今、気の利いた切り返しひとつ出てこない。

春暁は、ほうほうの態《てい》で逃げ出した。

医務室棟の玄関を一歩出ると、外は初夏の風が強く吹いていた。明るい日差しに目を瞬《しばたた》く。

振り返って、医務室をまじまじと見てしまった。

まだ信じられない。あそこに、あの浅倉理央《りお》がいるということが。

自分は、夢でも見ているのではないか。

驚きと痛みと懐かしさがこもごもに押し寄せてきて、めまいすら覚えた。三ヵ月ぶりに日本の土を踏んだときよりおぼつかない足取りで、春暁は自室に戻った。

夕刻、部屋に戻ってきた仲間たちは、戦果を聞きたがった。「偵察に行ってくる」と宣言したのだから、自業自得というものだ。

春暁が微妙な顔で口を濁《にご》していると、

「美人だが、性格に難ありだろ」

「綺麗な薔薇《ばら》には棘《とげ》がある、と昔から言うよな」

その噂の方は、わざと教えてくれなかったらしい。

「へこまされて帰るやろう、とは思うとったんや」

楽しげに言う。人の悪い連中だ。

「まあ、口はきわめつけに悪いが、腕は悪くないんだよな」

「そうそう。こないだ需品科の新入りが指の股《また》をざっくりやったときも、めっぽう速く綺麗に縫《ぬ》ってたもんな。泣き言いうヒマもない」

「前の先生は甘っちょろかったけど、手もぬるくてなあ」

春暁はどうにか、調子を合わせることに成功した。

「反対よりはいいんやないか」

反対？　と首をかしげる田平に向かって、

「性格がよくても腕が悪かったら、医者としちゃダメだろう」

「そりゃそうだ」

一同、どっと笑った。

一緒になって笑ったものの、皮膚《ひふ》の下では表情筋が引きつっていた。

その夜、みなの寝息を聞きながら、春暁はなかなか寝付けなかった。帰国するときは、まさかこんなことが待っていようとは思わなかった……。

浅倉理央とは、高校の陸上部で半年だけ一緒だった。二年上の先輩だったから、三年の秋には向こうが引退したのだ。

あのころもすらりとしていたが、もっと背が高かったような気がするのは、十五、六の自分はまだ成長期で、今より小さかったからだろう。

背丈《せたけ》のことだけでなく、相手の存在を仰《あお》ぎ見《み》る思いが、自分にはあった。彼のことを思い出すたび、「高嶺《たかね》の花」というフレーズが浮かぶ。

孤高《ここう》を気取る人ではなかったが、無意味に群れることもしなかった。副部長として部を支え、下級生の指導もしていたけれど、けっして押し付けがましくなかった。

走ることも跳ぶことも好きで、しかし、熱血指導や暑苦しい仲間意識をうっとうしく感じる春暁には、浅倉のクールさは快《こころよ》かった。どんな暑いときも、彼の周りにだけ高原の風が吹き通っているような、そんな男だったのだ。

引退後の身の処し方も、いかにも彼らしいものだった。

いつまでもグラウンドや部室に顔を出し、先輩風を吹かせる三年生もいるが、浅倉はきっぱりと手を引いた。医学部を受験するための勉強に没頭《ぼっとう》しているという噂だった。

冬の終わり、進路指導室前の掲示板に貼り出された合格者名簿に、浅倉理央の名は何度も登場した。有名私大や国立大医学部の下に彼の名を見ることは、喜びと同じだけの痛みを伴《ともな》った。

それらの綺羅星《きらぼし》のような大学のうち、どれが本命でどれが滑り止《すべど》めなのか、そのときの春暁にはわからなかった。

――ここにいるってことは……結局、防衛医大に進んだんだな。

優秀な先輩だったのだと再認識する。それとともに、白衣の下に隠れていただろう、徽章《きしょう》の星の数を思う。

あのころより、二人の距離はもっと開いている。契約社員感覚の任期制陸士と、防衛医大出の幹部とでは、二年の歳の差どころではない隔《へだ》たりがある。

幸いではないか、と春暁は自分に言い聞かせた。

なるべく接点がない方がいい。あと十ヵ月で任期が切れて退職すれば、自分は再び自衛隊に戻ってくるつもりはない。二人の人生が交差することは、もうないのだ。

この思いがけない邂逅《かいこう》は神様のいたずらというところか。

恥ずかしいのもいたたまれないのも、しばらくの辛抱《しんぼう》だ、と春暁は自分に言い聞かせた。


特別休暇は終わり、今では、派遣《はけん》帰還組も通常の課業をこなしている。

六時起床《きしょう》、身支度《みじたく》、朝食。国旗掲揚《けいよう》、午前の課業。昼食を挟《はさ》んで午後の課業。夕方五時には終業で、夕食入浴、自由時間、そして午後十時の消灯。

三ヵ月前と変わらぬ日々が戻ってくるはずだった。

だが今は、あの男がいる。春暁《はるあき》の心を騒がす、過去からの訪問者が。

相手が医務室にこもっていてくれれば、顔を合わせなくて済むだろう。健康そのものの春暁の方から医務室に出向くことなど、めったにないのだから。

最初のうち、春暁はそう考えて事態を楽観視していた。

ところが、そうはいかなかった。浅倉《あさくら》は明らかに、前のご隠居《いんきょ》医官より行動的だったのだ。健康診断の勧めやカウンセリングの案内に、浅倉は積極的に取り組んでいた。

体が資本の商売なのに、隊員たちは自分の健康状態にあんがい無頓着《むとんちゃく》だ。せっせとトレーニングに励《はげ》んで体力をつけようとするくせに、検診だの予防だのは面倒がる。

前の医官は「悪くなったら自己責任。外の病院に送ればいい」という考えなのか、検診の広報なども通りいっぺんで済ませていたが、浅倉は深追いするタイプのようだった。だからか、隊員たちの生活の場である隊舎や厚生センターにも、よく出没《しゅつぼつ》する。

それに、駐屯地《ちゅうとんち》は広いようで狭《せま》い。隊員が動く範囲は、意外と限られているのだ。結果、浅倉とのニアミスはしょっちゅうだった。

向こうが目ざといのか、こちらが気にするからか、よく目が合う。そのたびに春暁は、なんとも落ち着かない気分になった。

着任して二ヵ月を過ぎた今、浅倉の毒舌は知れ渡っている。嫌味たっぷりに追い詰められた隊員の愚痴《ぐち》も、何度も聞いた。

彼の口の悪さにもう驚きはしないが、自分を見る浅倉の目に、春暁は微妙な緊張を感じる。こちらがつい身構えるように、向こうにも含むところがあるようだった。

無理はないか、とも思う。春暁との一件は、浅倉にとって、けっしていい思い出ではないはずだ。

それでも、十年もたてば忘れているかと思ったが。自分も、ときおり表面にたつ小波《さざなみ》によって、胸の奥底に転がる小石の存在を感じるだけだった。

それが、浅倉と再会したことで、水底に差し込んだ光に照らされるように、くっきりと当時の喜びや苦しみがよみがえってしまうのだ。

すっかり世間ずれして世渡り上手《じょうず》になった自分の中に、硬くて青い十六歳の少年が、まだ息づいている気がしてならない。

浅倉を見かけるたび、撥《は》ね返《かえ》されるのを承知で、春暁は目で追ってしまう。

あのころも、そうして追っていた。そして、見つめるだけでなく、手を伸ばそうとした。結果は悲惨《ひさん》なものだったが。

入部して最初の合宿のとき、携帯を持っていなかった自分に、先輩たちは「浅倉と同じヤツがいる」と騒いだ。

そのころだって、携帯電話はもうかなり普及《ふきゅう》していたと思う。小中学生ならともかく、高校生で携帯を持っていないのは少数派だったはずだ。

自分が持たないのは経済的な理由だったが、浅倉には何かポリシーがあったのだろうか。

そういえば、シューズにしてもジャージにしても、浅倉は有名メーカーのものを使っていたためしがない。みなが、マイキの新作だのアジックスのなんとかバージョンだのを話題にしているとき、名もないメーカーの履《は》き古《ふる》した靴《くつ》を、よく手入れして使っていた。

春暁は、浅倉のそんなところにも好感を持ったのだ。気がつけば、上級生の集団の中から、必ず最初に彼の姿を見つけていた。

浅倉には、汗の匂《にお》いが似合わない。そして、長距離走者特有の変なストイックさもない。淡々というか飄々《ひょうひょう》というか、体重がないかのように風に乗って走る細身は、伸びやかに美しかった。

そんな先輩に対する子供っぽい憧《あこが》れが、相手を熱く求める気持ちに進化したのは、夏の大会直前のことだった。

本来の顧問《こもん》が体調を崩《くず》して、OBのコーチが実権を握《にぎ》った。アナクロなほど、根性至上主義にもとづいた無茶なトレーニングを強要する男だった。

二言目には、「強くなりたくないのか」「練習から逃げることは自分に負けることだ」とくる。体力的には春暁自身はまだ余裕があったけれど、一年生の中にはついていけない者も出始めた。

浅倉をはじめ心ある先輩たちは、下級生をさりげなく庇《かば》ったりしてくれたが、それにも限界がある。顧問の人柄《ひとがら》を反映して、伸び伸びしていた部の空気が、息苦しいものになっていった。

「根性で、カエルが空を飛べるかよ」

春暁がたまりかねて突っ込んだのを聞きとがめられ、やばい雰囲気《ふんいき》になった。

そのとき、事なかれ主義の部長に代わって矢面《やおもて》に立ったのが、浅倉だったのだ。

「コーチは、スポーツ医学というものを知らないんですか」

リトルリーグの野球肘《ひじ》から、うさぎ跳び症候群《しょうこうぐん》、筋肉と乳酸の関係……。とうとう弁じられ、己《おのれ》の根性論を打破されたコーチは、悔《くや》しまぎれにあてこするしかなかった。

「詳《くわ》しいな。医者にでもなる気か」

その嫌味に、涼しい顔で微笑《ほほえ》む浅倉の姿は、今も心の目に鮮やかだ。

「はい。そのつもりですが？」

浅倉は成績優秀で、国立大の医学部も合格間違いなしという評判だったから、脳みそが筋肉でできているような体育バカのコーチには太刀打《たちう》ちできなくて当然だ。

とはいえそれ以来、浅倉への風当たりはきつくなったはずだが、彼はあいかわらず飄々としていた。

彼に助けられたからだけでなく、その姿勢というか、たたずまいのようなものに、春暁は強く惹《ひ》きつけられた。

春暁は自分の想いを、敬愛であると信じていた。それでも、「自分がそうなりたい」というベクトルではないことは、おぼろげに気づいていたように思う。

ある日の練習後、一年だけで片付けをしていたとき、春暁は転がっていたボールを踏んでよろめき、頬骨を鉄棒で強打してしまった。一番尖《とが》って肉の薄いところをもろに打ったので、けっこう痛んだ。

一人部室に残って、いくらか腫《は》れた頰を壁の鏡に映《うつ》して見ていると、後ろに人影が映りこんだ。浅倉だった。

浅倉は制服姿になっていた。着替えを済ませていったん部室を後にし、また戻ってきたらしかった。

彼は黙ってハンドタオルを差し出してきた。いつも使っている、白地に青いチェックの平凡なものだった。

「これで冷やすといい」

「あ、どうも」

春暁はどぎまぎして、口ごもりつつ受け取った。

ふだんは、ほかの先輩と同じようにしゃきしゃき口がきけるのに、そのときは違った。二人っきりでいるということが、妙に気詰まりだった。

ハンドタオルは濡れて冷たかった。どこかで氷水にでも浸《ひた》してきたのか。

それを頰に当てると、ふわっとコロンのようなものが香った。女子はどうだか知らないが、男子部員はタオルに香料をしみ込ませるなんて洒落《しゃれ》たことはしない。浅倉だって例外ではないはずだった。

それは浅倉に固有の匂いだったのだろうか。同学年の仲間はみな、そんなことはないと言うけれど、春暁は彼のそばを通るとき、ふと芳《かぐわ》しい風を感じることがあった……。

熱をもって疼《うず》く頬に、冷たいタオルは快かった。だが、それ以上に熱い、心のほてりを冷ますには足りなかった。

裏山でカナカナ蝉《ぜみ》が鳴いた。

ふいに、焦《あせ》りを感じた。終わりが近づいている。一日の終わり、夏の終わり。そして、三年生の引退がもう目前だった。

どきどきと胸が躍《おど》り、急《せ》き立《た》てられるように鼓動《こどう》は速くなった。

「理央《りお》先輩」

陸上部には、ほかに漢字違いの「朝倉《あさくら》」がいたので、彼らを下の名前で呼ぶ者は多かった。それまでは、折り目正しく苗字で呼んでいた春暁のことだ。相手は何かを感じたように、身を硬くして見返してきた。

浅倉の涼しい瞳にぶつかると、頭の中が真っ白になった。

——俺、何を言おうとしたんだっけ。

いぶかりつつ、とりあえず思いついたことを口にした。

「これ、洗って返しま」

言いかけて、春暁はいったん口を閉ざした。押し込めたものが、形を変えて噴き出す。

「……返さなくちゃ、いけませんか」

「え……？」

浅倉がけげんそうに目を瞬《しばたた》いた。

口がカラカラになっていた。唇を湿して、言い直す。

「これ、俺に、くれませんか」

タオルをぐっと握り締める。拳《こぶし》が小さく震えた。

——俺はなんてキモイことを言ってるんだろう。第二ボタンか何かのつもりか。

そのとき初めて、春暁は自分の感情に名前をつけることができた。そういう意味で、自分は浅倉が好きなのだ、と。

そしてそれが容易に受け入れられるものではないということも、名づけた瞬間にわかってしまっていた。

——変に思われる。言うんだ、尊敬してますって。そうだ、先輩は勉強ができるから、あやかりたいんだ、とでも。

せっかくうまい嘘を思いついたのに、言葉が出ない。春暁はただ、ぶるぶる震えてうつむいていた。

ふと、浅倉が動いた。

「遊佐《ゆさ》」

呼びかけ、差し伸べられた手が頬にきた。打ち身の具合を確かめようとしたのか。

白くすんなりした、それでいて女子の指よりも関節の立った指が触れてきたとき、春暁はびくっとおののいた。頬から電流が走ったようだった。それは体中を駆け巡《めぐ》り、突破口を目指して奔流《ほんりゅう》となった。股間《こかん》に熱が集中するのがわかった。

――あ!?

春暁の視線を追って、浅倉の目が下を向く。

はっと上げた顔はわずかに赤らんで、見開いた目に、苦い驚きが溢《あふ》れた。

――気づかれた。

身も世もないほどの羞恥心《しゅうちしん》が突き上げてきた。

好きだという気持ちが、そんなところに直結していくなんて知らなかった。からだは心で制御できると信じていた。

自分の心を、自分のからだが裏切る。恥ずかしい、いたたまれない。

「失礼、しました！」

やっとそれだけ言うと、春暁は顔を背《そむ》け、浅倉を押しのけるようにして外に走り出した。

いつのまにか蟬の鳴き声は止んで、グラウンドは夕靄《ゆうもや》にかすんでいた。

その後も数日は、三年生も部活に来ていたはずだが、浅倉と目を合わせた覚えがない。向こうが避けたのか、自分が逃げ隠れしていたのか。その両方だったかもしれない。

少年らしい潔癖《けっぺき》で、浅倉に対して抱《いだ》いた想いに肉体の欲求が絡むのを認められなかった。そんな自分をあさましいと思った。何よりも、それを浅倉に知られたことが、春暁を打ちのめした。

聡明で涼やかな人をわが心で汚《けが》した、二度と顔向けできないと思い込んだのだ。

今から思えば、それほど気に病むことではなかったろう。思春期の獣《けもの》じみた情動を考えれば、苦笑レベルのしくじりだ。

ただ、その当事者と顔を合わすとなると、気まずいなんてものじゃない。まして相手が同性で、同じ職場にいるのでは。

浅倉に、存在を忘れられてしまうのは切ない。だが、あの無様な場面だけは、綺麗さっぱり忘れてしまっていてほしい。

そんな都合のいいことを、春暁は本気で願っていた。


隊舎の娯楽室には、テレビや将棋盤《しょうぎばん》、それに、賭《か》けることは禁止だが、麻雀《マージャン》の卓まで用意されている。外でギャンブルに溺《おぼ》れられるよりマシ、ということか。

携帯も禁止だったころには、部屋にいてもすることがなくて、娯楽室は大賑《おおにぎ》わいだったというが、今はそうでもない。居室はいちおう陸士《りくし》クラスと陸曹《りくそう》クラスで分かれているものの、こういう共有スペースでは混ぜこぜになる。上官をけむたがって出てこない若手も増えた。

だが春暁は、週に一、二度は顔を出す。これも事前営業の一環だ。駐屯地の近くに開業すれば、自衛隊員はお得意さまになるかもしれない。人脈は大事だ。

今日は、顔見知りの三曹同士が将棋をさしている。自分はささないくせに、あれこれ口を挟《はさ》む連中が数名、周りを取り囲んで、それなりに盛り上がっていた。

そのあたりの机で備え付けの雑誌を読んでいた春暁は、ふと耳をそばだてた。将棋盤の方から、浅倉の噂《うわさ》が聞こえてきたのだ。彼に関することなら、いくらでも耳聡《みみざと》くなる春暁だった。

「なんだか最近、若いのがよく医務室に行くなあ。あの医官が怖くないのかな」

「Mが多いんだろ、このごろの若いのは」

そんなやりとりに、横合いから鬼軍曹タイプの男が茶々を入れた。

「えむう？　そんなことなら、俺がガンガンしごいちゃるのに」

「ばあか。美形のお医者様にいじめられるのが快感なんじゃないか。おまえのような鬼瓦《おにがわら》にしごかれて、『ああん、もっとお』なんて、誰がいうかよ」

「うえ。気色悪」

浅倉がそんなふうにネタにされていると、もやもやする。何か言い返したい。

だが、よく知りもしないはずの自分が口出しすると、かえって浅倉のためにならないような気もする。

逡巡《しゅんじゅん》している間に、先を越された。

「たしかに浅倉医官は、もの言いはきついけど、とても仕事熱心な方です。それに、技術も知識も並みはずれてますよ。駐屯地に置いとくのはもったいないくらいで」

生真面目《きまじめ》に反論したのは、まだ若い衛生科の二士だった。

娯楽室には持ち込み禁止のカップ酒をちびちび啜《すす》っていた男が、充血した目でそれに絡んだ。

「もったいないって、俺らのようなゴロツキには、ってことか」

「いや、そんな」

若い隊員が口ごもるのを、同じ衛生科のベテラン曹長がとりなした。

「病院と違って、駐屯地では専門を極めることができんからね。何でも屋にならざるを得ない。何から何まで一人で診《み》るわけだから。もったいないというのは、そういうこと」

その口ぶりには、浅倉の立場を擁護《ようご》する響きがあった。その場にいた数人の衛生科隊員たちは、頬を紅潮《こうちょう》させてうなずいている。

もっとも身近にいる衛生科の連中からは、浅倉は恐れられるというより、むしろ慕《した》われているのではないか。

なんだかほっとする。その一方で妙な寂しさを覚えた。浅倉には、春暁よりも近しい味方が、ちゃんといるのだ。

絡んできた男は、少し態度をやわらげた。

「ふうん。いってみりゃ、保健室の先生みたいなもんか」

みな、ああそうかと納得の面持《おもも》ちになった。

「しかし、養護の先生ってのは、もっと優しいもんじゃないかなあ」

優しい保健室の先生に憧れた少年の日の思い出がよみがえったのか、和《なご》やかな笑いが広がった。

春暁も自然に微笑んでいた。

部室で、冷やしたハンドタオルを握らせてくれた白い手を思い出す。タオルは冷たかったが、その手はとても温かかった……。

きゅうっと胸が締め付けられる。

あのとき自分が変なことを言い出さなければ、浅倉とは先輩後輩のいい関係のままで終わっただろう。そうしたら今ごろは、何のこだわりもなく、再会を喜ぶことができたかもしれない。

そうでありたかったのか？　と春暁は自問した。気持ち悪がられ、軽蔑《けいべつ》されるか、ただの先輩後輩でいるかの二択しか、二人の間にはないのだろうか。

小隊長がその場にいたのは、春暁の不運だったかもしれない。

「そういえば。遊佐は、医官とは同窓だろう？」

自分の思いにふけっていたので、とっさにごまかせなかった。

「あっ……はい」

同じ小隊の若手が、すっとんきょうな声を上げた。

「ひええ、まじっすか。すると遊佐士長も医大出の」

「バカ。高校の話だ」

ですよね～と若手がおちゃらける。わかっているくせに、むかつくヤツだ。

小隊長はさらに追及してきた。

「出身校が同じで、二つ違いなら、ちょっとは縁があったんじゃないか？　なあ」

どうもここでは、情報が共有されすぎている、と思う。

個人情報保護と、部下を掌握《しょうあく》することの兼ね合いは難しいが、自衛隊では後者の比重が大きいようだ。

春暁は、観念して認めた。

「ええ、縁はあります。陸上部の先輩でした」

おお、と娯楽室はどよめいた。

「で、どうだったんだ」

小隊長は、興味津々《しんしん》で追及してきた。

どうって……と口ごもる。うかつなことを言うと、過去の引っかかりが暴かれそうだ。

「あの人は、昔っから、ああか？」

浅倉の人となりを知りたがっているだけだとわかって、ちょっと安心した。

「ああ、といわれましても」

「サドだったのか、ってことだよ」

それはみなが知りたかったこととみえて、目線がこっちに集中するのを感じた。

春暁は言下《げんか》に答えた。

「いいえ。優しい先輩でした」

「マジで?」

「ええ、マジです」

嘘ではない。

不合理なこと、理不尽なことに対しては、冷ややかなほど理詰めに追及しても、弱い立場の者にはさりげなく優しかった。自分を始め一年生たちは、彼の心配りにどれだけ救われたかわからない。

彼のそういうところを、駐屯地のみなは知らない。人が変わったといえばそれまでだが、好きだった人が悪く思われているのは、やはり辛い……。

——だった? 過去のことなのか? 俺にとって、あの人への思いは、過去の通過点に過ぎないのか。

「どうも信じられんな」

小隊長は、うーむと唸《うな》った。

「いいえ、本当に、思いやりがあって温かい……」

ふいに後ろから、冷気のようなものが吹き付けるのを感じた。

「温かいって、熱でもあるのか？」

ぞうっと総毛だった。こわごわ振り返る。

目が笑っていない、唇だけの微笑を浮かべた浅倉がそこにいた。

わざと忍ばせはしないが、カツカツとあからさまな足音を立てない人だ。

みな、固まった。かと思うと、

「ちょっと用を思い出して」

「あ。歩哨《ほしょう》に遅れる」

片端から逃げてしまう。

小隊長までもが、こそこそと尻尾《しっぽ》を巻いて退散した。まったく、浅倉はどこまで恐れられているのか。

この端整で繊細《せんさい》な外見に、あの痛烈な口の悪さだ。まあ、わからなくはないが……。

衛生科の連中は空気を読んだのか、折り目正しく敬礼してその場を離れて行った。

春暁は、その場に居残った。

「おまえは逃げないんだな」

意外そうに、浅倉は歩み寄ってきた。

「いやあ。逃げ足が遅くて」

春暁は、ひきつりながらもなんとか返した。

「元陸上部がそういうことを言うな。母校の名折れだ」

厳《きび》しい口調なのに、春暁は心にぽっと小さな灯がともるのを感じた。ようやく春暁との過去の絆《きずな》を認めてくれたのだ、と気がついたからだった。

「肝《きも》に銘《めい》じます、浅倉先……二尉《にい》」

浅倉の腕には、今月号の健康雑誌が何冊か、抱《かか》えられている。生活習慣病だの民間療法だのを特集した、中高年がよく読むヤツだ。こういうものの世話も、この人がしているのか。

ふと、さっきの曹長のコメントが頭に浮かんだ。

『駐屯地の医者は何でも屋』

この人は、それでいいのだろうか。医官は自衛隊病院に配属されねば出世ができないと聞いたことがある。

部活の後輩扱《あつか》いしてもらえたおかげで、いくらか図太くなれそうだ。春暁は思い切って訊《き》いてみた。

「浅倉二尉は、なぜここに来られたんですか」

「ここって……駐屯地に、ということか？」

浅倉は問い返し、眉《まゆ》を寄せた。

正面きってそういう質問をされるとは思わなかったのか、意外と素直に考え込んでいるようだ。

だが返ってきた答えは、なかなかハードなものだった。

「俺はまだるっこしい内科治療は嫌いだ。どうせなら、すぱっと切りたい。そういう意味では、部隊の方が派手なケガ人が大量生産されていそうに思ったんだが」

切るのが好きだなんて、筋金入りのサドではないか。

「そんなことを言うから、みんなが逃げるんじゃ……」

細い眉を吊《つ》り上《あ》げられて、語尾はもごもごと途切れた。

「俺の診療に、誰か不満でも言ってるか」

「いえ、診療については……」

「だったら文句はないだろう」

きびすを返す背中に、春暁はもうひと声かけた。

「俺は、もっと、その、せんぱ……二尉どのが、みんなに親しまれるようにと……」

じろりと睨まれて、やはりしどろもどろになってしまう。

「——よけいなことだ」

浅倉は娯楽室のラックに歩み寄った。古い雑誌を新着のものと取り替えて、小脇に抱え、つかつかと娯楽室を出て行く。

どこかでそれを見ていたのか、ぽつぽつと隊員たちが戻ってきた。

六月半《なか》ばに、地元の祭りとタイアップして、駐屯地《ちゅうとんち》開放があった。

盆踊りの縁日・創立記念祭の模擬戦闘《もぎせんとう》のような目玉はないが、資料館や厚生センターを公開し、隊員の趣味の作品を展示したり、装備車両の体験試乗があったりする。地元住民への感謝デーといったところだ。

まだぎりぎり第一夏服の時期で、広報の人間や尉官《いかん》は、冬服よりやや薄い色あいの制服を着用していた。

春暁《はるあき》たち一般の隊員は、いつでもどこでも迷彩の作業着だ。非番の隊員などは、上は迷彩に下はジャージという、なんともさまにならない格好でうろついていた。

「外部の人に、あまりみっともないところを見せるな」

そう叱《しか》る広報室長は、背が低く小太りで、赤ら顔に汗《あせ》っかき。暑苦しい制服がいっそう暑苦しく見える。あれでは自衛隊の印象が悪くなると、陰口を叩かれていた。

対照的に、浅倉《あさくら》は涼やかだった。

こうした行事のあるときは、一種の救護所として、会場の一画にタープを張り、医官は衛生《えいせい》科《か》の曹士《そうし》とともに常駐する。

迷彩姿の二人の隊員を従えて立つ、浅倉の制服姿には、凛《りん》とした気品があった。暗緑色のタープの陰で、整った顔はいっそう白い。

制服のいかめしさが、彼の線の細さを強調するようで、男にそんなことを言ってはおかしいが、「たおやか」という形容がぴったりだ。

視線を感じたのか、浅倉はこちらにその白い顔を向けてきた。

「何を見てる。自分の持ち場につけ！」

春暁は、尻尾《しっぽ》を巻いて退散した。

逃げつつも、ふと気になって振り向く。浅倉の頰は、白いのを通り越して青ざめて見えた。汗ひとつかいていないのも、涼しげどころか、不健康ではないか。

浅倉は一度、部活でのランニング中に倒れたことがあった。春暁が校外でのロードを終えて戻ってきたとき、浅倉は木陰《こかげ》のベンチに横たわっていた。濃い緑の葉が白い顔にちらちらと影を落として、ちょうど今のように肌《はだ》が青ざめて見えた。

心配してドリンクを持っていった春暁に、浅倉は、梅雨《つゆ》前後にがくっと食欲が落ちる体質だと告げた。

『おまえはいつも、元気でいいな』

光に溶けそうな笑顔に、どきどきした。名づけられていなくても、恋心はもう芽生えていたのだろう。

今でも浅倉の体質は変わっていないのかもしれない、と思いついた。

——そういえば、このところ、昼に食堂で見かけないな。

営内生活者は三食、営外者も昼食だけは、食堂でとる。

食堂は一つしかないが、曹士と尉官は、区画が別だ。腰の高さまでの仕切りがあるものの、向こうの様子はうかがえる。司令を始めとした尉官たちが、テーブルクロスで差別化された幹部用の食卓についているとき、浅倉もそこにいた。そう、たしか先々週までは。

そこはかとない不安に後ろ髪をひかれつつ、春暁は持ち場についた。

午前中は、体験試乗の当番にあたっている。そのために用意されているのは、「軽装甲機動車」という、タイヤのついた戦車のようなものだ。

運転は機甲科の隊員が務める。春暁は、体験希望者に番号札を配布したり、ヘルメットを貸し出したりといった雑用を引き受けた。

車両が敷地内を一周して戻ってくるのを待つ間、次の番号札を持った女性グループが、まだ少年といっても通る若い二士に質問を投げ始めた。

男ばかりの集団生活に興味があるのか、多少プライバシーに触れるような質問も混じっている。もの慣れない様子の二士は、しゃっちょこばってしまって、受け答えが硬い。どうにも間の悪い雰囲気《ふんいき》になってきた。

春暁はすかさず割り込んだ。

「それは、国家機密ですのでお答えできません」

えーっ、と咎《とが》めるような声が上がる。わざとらしく声をひそめて、

「じつはですね。隊員のカノジョ所有率と実弾射撃の命中率には、深い因果関係があるんですよー」

やだあ、と女たちは高い声をたてた。

「この隊員さん、面白《おもしろ》ーい！」

すっかりノリが良くなったところで、アンケートの回収率が低いと広報部員がこぼしていたのを思い出し、

「あ、アンケートをお願いします。自衛隊の会員権を売りつけたりはしませんので、ご安心を」

彼女らはみな、笑いながら書いてくれた。

やがて装甲車が戻ってきた。前の客が降りるのを待って、彼女らはいそいそと乗り込んだ。

二時間ほどで代わりの当番者が来たので、持ち場を離れようとしたところを、小隊長につかまってしまった。

彼は三十過ぎの曹長で、派遣《はけん》からの帰隊時に声をかけてきた一曹とは、同期の仲良しだ。

どうも嫌な予感がする。

案の定、小隊長はリクルートをしかけてきた。

「おまえはほんとに人扱《あつか》いがうまいな。どうだ、広報に入る気はないか？　外部との接触が

一番多い部門だから接客経験のあるヤツが欲しいと、広報室長が言ってたぞ」

春暁は、高校を出て四年ばかり、チェーンの居酒屋に勤めていた。三年目の終わりには、幹部から店長昇進を打診された。悪名高い「名ばかり店長」ではなく、本当に一軒の店を任せてもらえるという、二十歳そこそこの若造にはありがたい話ではあった。

だが、チェーンやフランチャイズの店では、自分なりの創意工夫にも限度がある。どうせなら、一から「自分の店」を作りたかった。

ではどんな店をという展望は、そのときはなかったけれど、上から押し付けられたマニュアルどおりの接客、本部の開発したメニュー、食材まで規定どおりという窮屈《きゅうくつ》な枠《わく》に押し込められるのはまっぴらごめんだった。

とはいえ、高校出たての生意気な若造に接客の基本を叩きこんでくれたのは、そのチェーン店であるのは違いない。

そこで教わったこと、学びとったことは、自衛隊でも役に立っている。

——対人マニュアルが役に立たないのは……あの人に対してだけだ。

はかばかしい返事をしない春暁を、小隊長はさらにくすぐってきた。

「それに、おまえは頭もいいしな」

「そんなことないです、高卒だし」

謙遜《けんそん》してみても、経歴はしっかり把握《はあく》されているのを忘れていた。

「出身は北高《きたこう》だろ？　あんな偏差値《へんさち》の高い高校に入れる頭があって、なんで大学に行かなかったのか、ちょっと不思議ではあるんだが」

「ま。家庭の事情っつうやつでして」

へらっと笑う。

二十歳を過ぎて入隊してくる任期制隊員には、「家庭の事情」を抱《かか》えている者は多い。こう言っておけば、それ以上は詮索《せんさく》されないものだ。

「それに自分は、別に頭が良くはないですよ。要領がいいだけです」

世渡りもそうだが、体を使うこと全般にも、自分は要領がいい。死に物狂いの努力をしなくても、たいていの訓練にはついていける。

「しかし惜《お》しいな」

小隊長は未練たらしく話を続ける。この間の一曹ほど、あっさりとは引き下がってくれない。

「おまえは名前まで自衛官向きだぞ。なんだか偉《えら》くなりそうな名前じゃないか」

そうきたか。敵も手をかえ品をかえ、だ。

「勘弁してくださいよ。俺の名前に、一佐とか二佐とかついたら変じゃないですか」

遊佐《ゆさ》という苗字じたいに、階級を表す「佐」があるから、かぶってしまう。

「そこまで出世する気か。図々しいヤツだな。……ま、『小林』よりはいいだろうが」

突っ込んでもらえなくて、小隊長は自分でタネあかしをした。

「小林イッサ、なーんてな」

春暁は、義務的に見えないように笑った。上司のサムイ冗談につきあうのも、仕事のうち。自衛隊は特に厳格《げんかく》だとはいうものの、こういう上下の関係なんて、どこの会社でもあることだ。

時計をみると、昼食時間も半ばを過ぎている。いい具合にすいているだろうと、食堂に向かうことにした春暁の前を、クリーム色のトレイを捧《ささ》げた隊員が歩いていた。

基本的に食事は食堂でとるものだが、職種や階級によっては、昼食を持ち出すことは認められている。時間になったからといって、手が離せない職分もあるからだ。

追い抜きざまにみると、徽章《きしょう》で衛生科の陸士だとわかった。顔に見覚えがある。談話室で最初に浅倉を擁護《ようご》した、あの若い隊員だ。まだうぶ毛の光っているような頬を紅潮させ、いかにも「任務遂行中《すいこうちゅう》」といった様子をしている。

その態度にピンときて、春暁は声をかけた。

「おい。それ、浅倉医官のか」

相手は足を止めて、かしこまった。

「はっ。昼休みの間も、救護所におられるので」

「持っていくところか」

彼は、困ったように眉《まゆ》を寄せた。

春暁はすぐ、自分の間違いに気づいた。持っていくなら、方向が逆だ。しかし、そう勘違いしそうなほど、食事は手付かずに近い状態だったのだ。

「ごくろうさん。引き止めて悪かったな」

気さくに笑いかけられて、衛生隊員は素朴《そぼく》な顔をほころばせた。

春暁は、衛生隊員が運んでいたものと同じ昼食をとりながら考え込んだ。

脂身《あぶらみ》の多い豚のしょうが焼きに、付け合わせは山盛りの卵サラダ。中華スープには、ご丁《てい》寧《ねい》に大きな肉団子《にくだんご》が沈《しず》んでいる。

――肉体労働者向けだからか、味付けも濃いんだよな。

自分はおいしく食べられるが、浅倉はどうだろう。ただでさえ食欲のないときに、こんなこってりしたものを並べられては、喉を通るまい。一人暮らしだとしたら、朝晩もちゃんと食べているかどうか。

やがて食べ終わった食器を返却口に突っ込みながら、春暁は甘ったれた口調で調理場の従業員を呼んだ。

「おばさーん。ちょっといい？」


休みの日、春暁は町へ買い物に出かけた。

戻ってくるなり、隊舎の一階の給湯室を占拠《せんきょ》する。

仕入れてきた粒《つぶ》よりの青梅を一粒ずつ丁寧に拭《ふ》き、へたを取り、水からコトコトと煮込む。

まもなく、あたりに温かい湯気と甘酸《あまず》っぱい香りが漂《ただよ》いだした。

廊下をとおりかかった田平《たひら》が、後ろから興味しんしんでのぞきこんできた。

「お、遊佐、何作っとんの。なんかええ匂《にお》いやな」

もの欲しげにくんくんと鼻をうごめかしている。ここの連中は、食べることには貪欲《どんよく》だ。

春暁は鍋《なべ》にかぶさるようにして、田平を肘《ひじ》で押しやった。

「おまえらに食わせるもんじゃねえよ。あっち行け」

それを聞いて、田平は一人合点した。

「ひょっとして、炊事競技会の練習か?」

「まあ、そんなとこだ」

春暁は、田平の思い込みをあえて訂正しなかった。その方が面倒がない。

炊事競技会は、野外訓練と合わせて年に一度実施される。各中隊から六人の選手を出して、規定の材料と制限時間の中で、工夫をこらした「野戦食」を競い合うのだ。

春暁は、二年連続で選手に選ばれている。調理の腕を買われてのことだ。

むろん今作っているのは、まったく個人的な用途のものだったが。

春暁は寄ってくる邪魔者をすべてこの手で追い払って、ゆうゆうと鍋をかき回し続けた。

片手鍋いっぱいの青梅を、ゆっくりゆっくり煮詰めていく。

青紫蘇《あおじそ》とスダチを加えて、透明感のある緑色に仕上げ、何度も味見して、酸味がきつ過ぎないか確かめる。

やがて、舌を刺す酸味が消えて、まろやかでこくのある爽《さわ》やかなドレッシングが、完成に近づいた。最後に白ワインで適当な濃度に希釈《きしゃく》する。冷蔵しなくても三ヵ月はもつはずだ。

春暁はできあがったものを、普通のドレッシングの空《あ》き瓶《びん》に移した。昨日のうちに食堂のおばさんから、空いたものをもらっておいたのだ。どこにでも顔が利《き》くと、こういうときに便利だ。

医官付きの隊員とも、あれ以来、ちょくちょく声をかけて顔なじみになっている。われながら、調子のいい性格をしていると思う。

次の日さっそく、彼が浅倉の昼食を持っていくところを摑まえた。自作のドレッシングをさっとトレイに載せる。

目をぱちくりするのへ、

「これ、食堂のおばちゃんから特別サービスだ、と言え。何にかけても風味が増すから、医務室に置いといてくださいってな」

「え？　いつからそんなサービスを」

春暁は若者の肩を抱きこんで、馴れ馴れしく囁《ささや》いた。

「おまえんとこのお医者さまは、とびきり優秀でいらっしゃるけど、自分の健康には、どーも無頓着《むとんちゃく》じゃないか？」

はあ、まあ……と首をすくめる。呑《の》み込《こ》んだ顔をしているところをみると、この隊員も浅倉の体調を心配してはいたのだろう。

「なんといっても、たった一人の大事なお医者さまだ。離島のドクターなんとかみたいなもんだ。あの人が倒れたら、俺たちみんな、困るよな？　なんとかしたいよな？」

今度ははっきりうなずく。

「はっ、自分もそう思います」

「でも、あの人、素直じゃなさそうだからさ。これ、体にいいですよ、遊佐士長からですよ、って言ったって……受けとりゃせんだろ？」

「ほんとにそうです！」

首がもげるほどうなずいた。敬愛はしていても、浅倉の性格が素直でないことは認めているのか。

「だから、な？」

若者の肩を叩き、「人好きのする笑顔」を全開にする。

「そういや士長は、調理の免許持ちとか聞きました。信用しますよ」

気のいい若者は、こうしてまんまと共犯者になった。

なんでもない相手なら、春暁はどうにでも攻略できるのだ。ただ、浅倉に対してだけは、この才能が通用しない。

怖い、というなら、もっと怖い上官とだって、渡り合っているというのに。

「くれぐれも内緒にな」

唇の前に指を一本たててみせた。

——またよけいなことを、と言われそうだからな。

春暁は、どこかで見られてやしないかとばかり、首を縮《ちぢ》めてあたりを見回した。


沖縄はとっくに梅雨《つゆ》明けしていたが、北部九州ではいつまでもぐずついた天気が続いた。

七月に入って、ようやく雨が上がったかと思うと、今度はかっと太陽が照りつける。

こんなときに銃剣道の試合とは、よりにもよって、暑苦しい行事を夏にもってくるものだと思う。

普通科中隊は第一から第五まであり、それに管理科中隊が加わって、六つのチームの総当たり戦で雌雄《しゆう》を決する。

駐屯地《ちゅうとんち》では、何かにつけて中隊で競い合う。ラッパコンテスト、整頓《せいとん》競争、それから例の炊事競技会。中でも武道や体育関係は、中隊同士の対抗意識もあっていちだんと盛り上がる。出場選手は、各中隊から二十五名が選抜される。春暁《はるあき》はそれほど武道が得意ということもないのだが、器用に何でもこなすので、こういう場合も選に漏れることはなかった。

銃剣道とは、銃をかたどった木製の道具を用いる格闘技で、その勝負は、「一本」しかない。柔道や剣道にあるような、「有効」だの「技あり」だのはいっさいなしだ。

そして、どちらかが一本とるまで、試合は終わらない。時間切れ引き分けなど、そもそもルールにない。

力の拮抗《きっこう》した組だと勝負がつかず、十五分以上も対戦することもある。相手を倒すまでが勝負。こういうところが、シャバの「スポーツのためのスポーツ」との違いなのだ。

春暁の所属する第四中隊は、優勝候補と言われていた。じっさい、第三試合まで全勝で、同じく全勝の管理科中隊との試合は、事実上の決勝戦の趣《おもむき》があった。

春暁は十一番目の選手として出場した。士長同士の対戦だ。

相手からは何度か浅い打ち込みを受けたが、旗が上がることはなく、春暁は一瞬の隙をついて、相手の胴を抜き払った。

これで六勝。第四中隊が勝ち越した。わっと味方の陣《じん》から歓声が上がる。開始線に戻って一礼し、上げた頭を、春暁はステージに向けた。

医官の席は、記録係や進行係とともに、壇上《だんじょう》に設《もう》けられていた。

今日はそこから、いつになく視線を感じる。目が合うというわけではない。こちらが顔を向けたとき、浅倉《あさくら》はきまってあらぬ方を見ている。

今も、隣の記録係と何か話している。春暁はその横顔にじっと目を当てた。

――顔色、ずいぶん良くなったな。

ほっと胸をなでおろす。

たしかに、梅雨時より夏の盛りの方が元気な人だったと思う。もう食欲不振の峠《とうげ》は越えたのだろうか。それとも、青梅エキスが少しは効いてくれたか。それなら嬉しいのだが。

あの衛生科《えいせいか》隊員に、浅倉の様子を訊《き》いてみたかったが、あまり接触していると仕掛けがバレそうだ。

浅倉は顔を正面に戻した。今度は春暁が慌てて目をそらす。自分が見ていたことを気づかれたくなかった。

試合は中盤、もっとも白熱する曹《そう》同士の対戦に進んだ。管理科中隊の一曹と第四中隊の二曹では、特に長い試合になった。どちらも一歩も譲《ゆず》らない、いい試合だった。

ようやく一本決まった瞬間、打ち込まれた二曹は、ふらっとよろめいた。春暁は、はっと腰を浮かせた。

だが彼はすぐ姿勢を立て直し、開始線まで戻ってしゃっきりと一礼した。何でもなかったかとほっとしたとき、こちらに歩いてきた二曹は、顔を歪《ゆが》めてしゃがみこんだ。

「どうしたっ」

仲間たちが取り囲む。春暁も首を伸ばして、寄り集まった頭の上から様子をうかがった。肩の形が変だ。どうやら骨折か脱臼《だっきゅう》かしたらしい。

制服に赤十字の袖章《そでしょう》をつけた衛生科隊員が、慌てたふうに手を上げる。

そのときはもう、浅倉は壇を下りていた。会場を大きく回りこんで、細身の白衣が速足に移動するのが見えた。迷彩の群れを堂々と突っ切ってくる純白は、目に眩《まぶ》しいほどだった。

浅倉は人垣《ひとがき》を割って、春暁のすぐ横手に出てきた。負傷者のかたわらに膝をつき、その肩をすっと撫《な》でる。

「——はずれたな」

うす赤い唇をきゅっと引き締めたかと思うと、柔道の技をきめるように二曹の肩を捻《ひね》り、一瞬で関節を入れた。

「うおっ！」

二曹はひと声上げただけで、急に楽になったのが不思議と言わんばかりに目を瞬《しばたた》いた。

浅倉は膝を払って立ち、

「これは癖《くせ》になってるだろう。固定をきちんとして、一定期間の安静をとらないと、またやるぞ」

全治三週間、とそばの係に告げ、記録をとらせる。

「後で固定を確認する。医務室で休んでいなさい」

衛生科の隊員が付き添って行ったが、負傷者の足取りは、思いのほかしっかりしていた。

白衣の裾《すそ》をひるがえして、浅倉はフロアの端へと退いた。再び応援席の後ろを回り、壇上に戻っていく。

春暁の周りでは、しばらくざわめきが続いた。

「すげえ早業《はやわざ》」

「速いだけじゃない、思い切りがいいんだ」

「じりじりやられちゃ、よけい痛いもんなあ」

「すかした学者肌《はだ》かと思ったら、ああいう荒業もできるとはねえ」

浅倉の腕は、ことあるごとに高く評価されている。媚《こ》びなくても、実績がものを言うということか。

――「みんなにもっと親しまれるように」なんて、よけいなお世話だったかもな。

顔色がよくなったことは嬉しい。その一方で、彼が自分で自分の居場所を切り開いていく姿を見ると、取り残されるような苛立《いらだ》ちを覚えた。

浅倉の助けになる自分でありたい、という思いはある。しかし、管轄《かんかつ》も階級も違う自分にできることなど、なにほどもない、とも思った。

後輩として存在を認めてはくれても、それ以上に近づけるはずがなかった。

浅倉の鮮やかな手際とともに、いくらか紅潮した目元の凄《すご》いような美しさが、いつまでも網《もう》膜《まく》に残った。

――俺には高嶺《たかね》の花のままだ。

春暁はそっとため息をついた。

午後四時を過ぎて、すべての試合は終了した。第四中隊は、二位。惜《お》しくも管理科中隊に負けを喫《きっ》してしまった。

「ようし。こうなったら、炊事競争でリベンジだ」

中隊長は、春暁の肩を叩いた。

「今年もがんばってくれよ。去年のセリと牛コマのかき揚《あ》げは最高だった！」

同じ材料で、他の中隊は軒《のき》なみ芸のない炒《いた》め物《もの》だった。春暁の料理は目先が変わっていて美《う》味《ま》いと、ゲストで呼ばれていた市長からも、お褒《ほ》めに与《あずか》ったものだ。

「もう選手に当確ですか」

面映《おもはゆ》くも晴れがましい思いで、春暁は頬をゆるめた。

そこへ田平《たひら》が、無自覚に爆弾を投げ込んだ。

「遊佐《ゆさ》はやる気じゅうぶんですよ。自主練までしてるんすから」

「ほう？」

中隊長は目を大きくして、春暁を見返った。

何を言い出すのかと焦《あせ》る春暁を尻目《しりめ》に、田平は得々と続けた。

「こいつ、給湯室で、『コトコトクッキング』やっとりました。なんか、甘酸っぱいソースみたいなもんをですね、」

「や、それ、違う」

言いかけて声を落とす。視界の隅に、白い人影がよぎった気がしたからだ。

「いらんこと言うな」

春暁は思い切り、田平の耳を引っ張った。


スポーツ行事のあった日は、課外のランニングを省略する隊員は多い。「自衛隊員は走るのも仕事」とは言うが、体力作りは別に強制ではないのだ。

だが、銃剣道とは使う筋肉が違うし、応援をしている時間が長かったので、かえって体をほぐしたくなった。それに春暁にとって、走るのは仕事というより趣味のひとつだ。

夕飯前にひと汗流そうと、ジャージに着替えて営内を一周してから、外に出た。駐屯地の外周はほぼ二キロ。三周はしないと、走った気がしない。

その三周目に入ったとき、背後から軽快な足音が近づいてきた。体幹のブレもテンポの乱れも感じられない、正確なリズムを刻む足音だった。

本格的に陸上をやった者と、体力に任せて走るだけの者とは、足音からして違う。これは本格派だ。

誰だろう、と振り向こうとしたとき、追走者はすっと横に並びかけてきた。白地のTシャツにカーキ色のジャージ。大半の隊員がランニングのときにしている格好だ。

春暁は、はっと息を呑《の》んだ。

「……浅倉、二尉《にい》……」

相手はちらりと目を流しただけで、呼吸も乱さず、春暁にペースを合わせてきた。そのまま黙って並走する。

二人の息がしだいに揃《そろ》ってくるのがわかった。その重さに耐えきれず、春暁は声を放った。

「あの」

もう出尽くしたはずの汗が、また噴き出して額を濡らす。

「二尉は、ど、どうして、ランニング」

「俺が走っちゃ、おかしいか」

ぶっきらぼうに切り返された。

医官といえども自衛官だから、身体の鍛錬《たんれん》は、義務といえば義務だ。だが、曹士なみの訓練を自分に課す医官は少ないだろう。

それに、春暁はだいたいいつもこの時間に走っているが、これまで浅倉のこういう姿を見たことはなかった。

不審に思うなという方が無理がある。かといって「おかしいか」と切り返されたら、それ以上突っ込めない……。

頭の中だけでぐるぐるしていると、浅倉はぽんと投げかけてきた。

「心配しなくても、体調はいい」

どきんとする。

――心配？　体調？

悪事を暴かれたように、目が泳いだ。

「え、えと、俺、何も」

例によって、うまくかわすことができない。

珍しいことに、浅倉は、くすっと笑った。

「あの梅ソースは、おまえのしわざだろう」

ぐるぐるする頭の奥から、同室者の能天気な顔がひょいとのぞいた。

――そうか、やっぱり田平の発言が耳に入っていたんだ。あいつは声がでかいから……。

春暁はがっくりと肩を落とした。苦心の隠蔽《いんぺい》工作も、ムダに終わってしまった。

よけいなことを、と叱責《しっせき》されるか、嫌味たっぷりな「お礼」が来るか。戦々恐々としてしまう。

だが浅倉は、ただぽつりと呟いただけだった。

「おまえは、気がつかない顔していろいろ見てるんだな……」

そして、唐突に話題を変えてきた。

「来週の実弾射撃は、第四中隊の番だろう」

医官がそれを知っているのに不思議はない。危険を伴《ともな》う訓練は、医務室に実施を届けることになっている。

「――気をつけろよ」

変に一本調子の声だった。

実弾は空砲《くうほう》に比べると反動が激しく、下手《へた》な撃《う》ち方《かた》をすると、肩をはずしたりもする。浅倉は今日の銃剣道試合でのことが頭にあって、春暁の肩を心配してくれたのだろうか。

「は、あ、ありがとう、ございます！」

もつれる舌を励《はげ》まして、礼を言いかけるのを耳にも入れず、浅倉はふいにスピードを上げて、春暁の前に出た。

走る浅倉の背中を見るのは、十年ぶりだ。背筋や肩甲骨《けんこうこつ》が滑《なめ》らかに動くのを、春暁は胸の痛くなる思いで見つめた。

部活で学校周辺を走るときは、学年順だった。先頭集団の中に浅倉の後ろ姿を見て、ペースを上げてみたこともある。並びかけて横目でうかがうと、色白の頬が紅潮して、寄せた眉が切なげだった。それを見ると変に胸が苦しくなって、ずずっと下がり、後続集団に戻ったりもした……。

春暁は一瞬、スピードを上げようとした。どうみても、自分の方が鍛錬を積んでいる。その気になれば、追いつけるに違いない。

だが、春暁は踏みとどまった。

浅倉の心が読めない。実弾訓練のことを心配してくれたのは、自分の心配に返礼をするようなつもりか。あまりに口ぶりがそっけなくて、そう疑ってしまう。

あの人は自分に借りを作りたくなかったのではないか、とも思った。男の自分に執着《しゅうちゃく》を示すキモい後輩、と疎《うと》ましく思っていれば、当然だろう。

自分は恩を売るつもりなどないのに。ただ、浅倉の元気な顔を見たかっただけなのに。

心が伝わらないかぎり、あの背中には追いつけないままだと思った。

実弾射撃訓練は、格闘技《かくとうぎ》と並んで隊員たちには人気のある課業だ。ひたすら体力をつける基礎訓練や、眠くなる精神教育に比べれば、緊張もするが達成感がある。

だが、実弾は高価だ。そうしょっちゅうは使えない。だから、実弾演習の順番は、数ヵ月に一度やっと回ってくるくらいだった。

ではそれ以外の射撃訓練はというと、空砲《くうほう》どころか「口砲」だ。「撃て！」ときたら「バンバン！」と口で応じる。これで撃ったつもりになるのだ。こういう訓練を自衛隊では「状況」という言葉で表している。

たとえば、演習で本物の催涙《さいるい》ガスなどめったに使わない。上官が「状況、ガス」と宣言すれば、「ガス攻撃があったもの」として、それらしい対応をする。

要するに演技をするわけで、それを「状況に入る」という。芝居でいう「役になりきる」ということだ。

初めは気恥ずかしいが、すぐに慣れる。

それでも、口鉄砲はさすがに侘《わび》しいものがある。おおっぴらに銃《じゅう》が撃てる、というので入隊したガンマニアなどは、この事実を知ると、ひどく落ち込むという話だ。

春暁《はるあき》も、今回は意気が上がらなかった。それというのも、前夜のミーティングで、「監的《かんてき》」を命じられたからだ。

監的とは、的《まと》の監視役だ。仲間がガンガン撃っている間、的の下の塹壕《ざんごう》に身をひそめ、記録をとったり、的を補修したりする。大事な役目には違いないが……。

――まあ、肩をはずす心配だけはないか。

午前中に座学でもう一度手順を確認し、午後から射撃場に移動した。装備をつけ、小隊ごとに一列になって順番を待つ。

「実弾一発の値段は、缶ビール一個ぶんだ。無駄にするな、絶対当てろ」

中隊長は、むちゃなことを言う。誰だって、はずしたいわけではない。簡単には当たらないからこそ、練習するのではないか。

「それでも、撃てるヤツはいいよな」

春暁と同じく、監的業務を命じられた隊員たちは、不平たらたらだ。気が抜けないわ、面白《おもしろ》くないわ、忙しいわ。全く、何もいいことがない。

配置開始の合図で、しぶしぶと的につく。

的は畳《たたみ》半分ぐらいのサイズで、敵が塹壕から顔を出したという設定なのか、頭から胸までのシルエットが描いてあった。

的の後方は、砂で固められた壁になっており、的を突き抜けた弾《たま》はそこに着弾するようになっている。

的は、射座《しゃざ》からは二百メートルばかり離れている。射撃が始まると声は届きにくいので、無線で連絡を取り合う。安全確保のため、監的係は必ず射座からの合図を復唱《ふくしょう》しなくてはならない。

『射撃用意！』

「射撃ようい！」

ここで的をいっぱいに上げてやる。

『撃てえ！』

「うて！」

次の瞬間、実弾が風を切って頭上を通過する。「ターン！」という発射音は、わずかに遅れて聞こえる感じだ。ほとんど同時にビシッと着弾の音。はずれて背後の土に当たった弾は、「ぼっ」と気の抜けたような音をたてる。

一巡目《いちじゅんめ》の射撃が終了すると同時に、一斉《いっせい》に的を下げ、得点の集計をして、次のグループに備える。この繰り返しだ。

最後の組になったとき、「撃て」の合図と同時に、「ドダダダダ！」とありえない射撃音が響きわたった。

仰天《ぎょうてん》したものの、顔を上げずにいるのが精一杯だった。

——誰かが間違って連射しやがったな！

本当は、間違いなど起こるはずがないのだ。

「レ」は「連射」、「タ」は「単発」。誰にでもわかるようにカタカナで、切り替えスイッチに記されている。

だが、何度か訓練を受けた者は、教育中の新人と違っていちいち確認はしない。そういう慣れこそが危険なのだ。

ようやく音が止《や》んだ。悲鳴や怒号が聞こえないところを見ると、誰もケガをしなかったと見える。

春暁が「やれやれ」と顔を上げたとき、

「「ああっ」」

間投詞の大合唱が起こった。とっさに首をすくめる。その勢いで、鉄帽がずるっとずれた。

次の瞬間、ばこーんといい音がして、頭頂部に鈍《にぶ》い痛みが走った。

「ううう。やーらーれーたー」

春暁はおおげさに呻《うめ》くと、塹壕から這《は》い出《だ》し、ばったり前に倒れ伏した。これも「状況に入る」というヤツだ。

「だっ、大丈夫かっ!?」

慌てて駆けつけてきた仲間たちを前にして、のっそりと身を起こす。背後を振り返ってみて、事情がわかった。自分の伏せていた場所に、的が穴だらけになって倒れている。的のフレームもぽっきりと折れていた。支えを失った的が落ちてきて、自分の頭を直撃したのだ。

「畜生《ちくしょう》」

頭のてっぺんをさする春暁に、青い顔の若手隊員がおろおろと声をかけてきた。

「あ、あの、すいませんっした!」

どうやら、こいつが連射の犯人らしい。春暁はぶすくれた。

「ハゲができたら、どうしてくれる」

すると相手は、弾《はじ》けるように笑い出した。

釣《つ》られて笑いの輪が広がる。ヒーヒッヒ、と気色の悪い声を上げているのは、なんと小隊長だ。衝撃の後の虚脱《きょだつ》が、そういう形であらわれることはままある。案外、誰かがじっさいに撃たれても、笑ってしまったかもしれない。人間とは、奇妙な反応をするものだ。

春暁は立ち上がり、ひきつったように笑い続けている「犯人」の肩をぽんと叩いた。

「おまえ、腕がいいじゃないか」

「は……？」

「もっとドヘタなヤツだったら、銃身が跳ねて中隊長を穴だらけにしたかもしれない。全弾、的の方に飛んだんだからアッパレだ」

そのとき、なにやら白いものが場内に転げこんできた。凄《すご》い勢いでこちらに突進してくる。白衣の裾《すそ》がバサバサと音をたてた。

「あれ、医官ですよ……」

誰かが医務室に注進したらしい。

よけいなことを、と春暁は呟いた。こんな間抜けな事故で呼びつけたりしたら、またどんな嫌味を言われるか。

春暁は再び頭を抱《かか》えて、その場にしゃがみ込んだ。

「ゆ、遊佐《ゆさ》は……っ」

だが、切れ切れな声には、いつものクールな嫌味節など、かけらも感じられない。

「誰かが誤って、れ、連射して、遊佐に当たったと……！」

語尾が震えている。

さすがに驚いて、春暁は立ち上がり、人の輪から顔を出した。

「当たったのは弾じゃないです。的が倒れてきて、脳天を直撃しただけで」

浅倉は目を瞠《みは》って、まじまじと春暁の顔を見た。蒼白な顔には血の気が戻っていない。彼を安心させようと、春暁は全力でおちゃらけた。

「すいません、医官が腕をふるうような大ケガじゃなくて。タンコブって、全治一週間くらいっすかね？」

仲間たちは、またもや笑い出した。今度は神経症の発作《ほっさ》じみたそれではなく、心から面白がっている。

一人、浅倉だけは笑っていなかった。

「バカ」

その低い声は、今までで一番怖かった。仲間たちも気を呑《の》まれて、しーんとなる。

「この、バカが」

はーっと息を吐くと、浅倉は、ひきつったような笑みを浮かべた。

「後で来い。コブに絆創膏《ばんそうこう》くらい貼ってやる」

いつもの毒舌に比べれば、せいいっぱいの強がりとしか聞こえなかった。くるりときびすを返して遠ざかる背中を、春暁は呆然《ぼうぜん》と見送った。

小隊長はようやく我にかえって、中隊長に指示を仰《あお》いだ。

「徳永《とくなが》一士。的の破損届と始末書を書いて、一七：〇〇までに事務局に提出。本日の演習はこれをもって終了！」


各自の銃を抱えて、部隊は隊舎《たいしゃ》に戻った。銃をそのまま武器庫へ収納するわけにはいかない。硝煙《しょうえん》は銃を腐食させる。射撃の後は、必ず分解掃除をしなくてはならないのだ。

廊下の壁に沿ってずらりと銃を並べ、あぐらをかいて手入れにかかる。部外者が見たらぎょっとする光景だろうが、隊員にとっては日常だ。

何度も繰り返した手順は、手の方が覚えている。しぜん、頭と口はヒマになる。

話題は当然、さきほどの演習についてだ。

「……なあ。えらく青くなってたな」

「うん。あの人のあんな顔、初めて見た」

浅倉のことだとすぐわかった。春暁は黙っていた。なんだか胸がどきどきする。

「銃のケガ診《み》るの、怖かったんかな」

――そんなわけあるか。「来たれ、派手なケガ」って人だぞ。

腹の中でそう思いつつ、春暁は「あれ?」と首をひねった。

じゃあなんで、浅倉はあんなに取り乱していたのだろう。

本当に重傷者が出たら喜びはしないだろうが、青くなる人でもないはずだ。

何かがもやもやと胸にわだかまる。

銃剣道で負傷者が出たとき、ゆうゆうと人波を割ってきて、脂汗《あぶらあせ》を流して苦しむ男を落ち着き払って治療した。

たしかあの後にも、骨が皮膚《ひふ》を破って突き出すような骨折や、ばっさり裂けて何十針《はり》も縫《ぬ》うような傷の手当てを、顔色ひとつ変えずこなしていると聞く。

なのになぜ。

――まさか、俺、だから?

その仮定は信じるに甘く、否定する材料を探す気にはなれなかった。

あのときの浅倉の、蒼白な顔、震える拳《こぶし》。もしも彼が、自分のことを気にかけてくれているとしたら。

頭の中をおかしな電気信号が飛び交って、集中できない。結果、何度も分解の手順を間違えて、隣の田平《たひら》にこづかれた。

「遊佐、どした。らしくねーぞ」

けげんそうにのぞきこまれて、春暁はこわばった笑みを返した。

解散後、春暁は医務室に足を向けた。応答を確かめて入室する。窓の方を向いていた浅倉は、ちらっと視線を投げかけたものの、すぐ下に落とした。

「なんだ。本当に来たのか」

顔をかたくなに机の上に向けたまま、

「絆創膏ならそこにあるぞ」

あくまでこちらを見ずに、手を上げて棚《たな》の救急箱を示す。

春暁は、横手の診察台に腰を下ろした。

浅倉の後ろ首あたりに目を据《す》えて、問いかける。

「俺の頭が吹っ飛んだとでも、思ったんですか」

ペンを握《にぎ》る右手に力が入るのが、後ろから見てもわかった。首も肩もこわばっている。

「そんなに心配でした?」

おそるおそる訊《き》いたのが、かえって逆鱗《げきりん》に触れたらしい。

「いくら医者でも、吹っ飛んだ頭は、どうしようもないんだよ。だから気をつけろと」

ひびわれて昂《たか》ぶる声。その激情の波動を、春暁は心地よいシャワーのようにさえ感じていた。

それが春暁に、浅倉にぶつかっていく勇気をくれる。

「先輩は、俺を、特別に心配してくれてるんですか」

「先輩はよせと言ったろう！」

くるりと椅子を回して向き直ると、浅倉はいくらか気弱に白状した。

「俺の管理下で死んでくれるなよ、と願う程度には心配してるさ」

だがすぐ、憎々しい言葉を付け足す。

「ここを出ていったら、どこでのたれ死のうと俺の知ったこっちゃない」

その悪態には、いつもの切れ味がない。

射撃場で、せいいっぱいの強がりを見せてから、浅倉の鎧《よろい》はほころびだらけだ。その弱さが自分に対して露呈《ろてい》しているのが、春暁にはなんだか嬉しい。

「はい。気をつけます」

抑えようとしたが、声が弾んだ。

「で、やっぱり俺は特別なんですか」

浅倉はすくっと立ち上がった。

そのまま診察室を出ていこうとする。春暁も、追いかけて立ち上がった。

「逃げないでください」

思わず白衣の袖《そで》を摑《つか》んでしまって、荒々しく振り払われた。いまだかつてないほど、感情的な行動だった。

　自分の行動に自分で驚いたように、浅倉は腕を抱えていた。

　唇をきゅっと嚙み締め、

「先に逃げたのは、おまえじゃないか」

「え」

　浅倉がどの時間軸《じく》のことを言っているのか、春暁は一瞬混乱した。そして、時の円環《えんかん》がゆっくりと回り、始まりの目盛りにかちりと合うのがわかった。

　浅倉は、夏の日の部室でのできごとを、やはり忘れてはいなかったのだ。

「逃げた……ええ、逃げました。だって、俺は」

　どう説《と》いたものかと迷う。口にしてしまえば、とても軽い、バカげたことのような気がする。

　そのときの自分の感情は、言葉の中には収まりきれない。

　春暁は言い訳を保留して、まず詫《わ》びを入れようとした。

「逃げたことを怒ってるなら、謝ります」

　浅倉は、畳《たた》み掛《か》けるように言った。

「逃げただけじゃなく、捨てたんだ」

　これは全くわからなくて、「すみません、何のこと……」と言いかけるのに、浅倉はさらに被《かぶ》せてきた。

「くれと言ったタオルも、放り出していっただろう。俺は、自分が捨てられたような気がしたよ」

唇をゆがめて、浅倉は吐き捨てた。ひどく傷ついた表情だった。

いつもクールな浅倉のそんな顔を見ると、春暁も胸がきりきりと痛んだ。とてつもなく悪いことをしてしまったという気がする。

だが、いつどこでタオルを手放したのかさえ、わからない。浅倉と向かいあっていたときは、関節が痛いほど握り締めていたのに。

それほど恐慌《きょうこう》をきたしていた。ただただ、その場にいたたまれなかった。

春暁は、ごくっと唾《つば》を呑んだ。

「捨てたというより、落としたんだと……気がついてたでしょう。俺があのとき……どうなってたか」

ああ、と浅倉は顎《あご》を上げた。

「それが、後も見ずに逃げた理由か」

軽くあしらわれたようで、春暁はムキになって言《い》い募《つの》った。

「あなたに汚い欲を持ったのが、それをあなたに知られたのが、俺はたまらなかった。もっと綺麗な気持ちであなたのことを想っていると、信じてた。なのに俺は……っ」

浅倉は黙って聞いていたが、椅子に腰を落とし、ゆっくりと言った。

「おまえは結局、自分しか見てなかったんだよ」

今は多少「見える」ようにはなってるか、と呟いて、浅倉はこう続けた。

「他者は自分を投影する鏡。精神医学で最初に学ぶ」

「鏡……?」

脈絡が摑めなくて、春暁は目を瞬《しばた》いた。

「俺が、理央《りお》先輩の……ってことですか?」

浅倉はうつむいた。素直な髪の間からのぞく耳が、じわりと赤くなる。

「俺にだって、その『汚い』欲望というやつがあるとは、かけらも思わなかったのか」

春暁は、はっと息を呑んだ。純粋《じゅんすい》な驚きで、かける言葉が見つからない。

これはどう解釈《かいしゃく》していいのか。自分の解釈が正しいのか。

混乱して、春暁は舌をもつれさせた。

「あ、あの、理央先輩」

浅倉は額からぐいと髪をかき上げ、露悪的《ろあくてき》な調子でまくしたてた。

「今だって、俺に過剰《かじょう》な夢を見てないか。おまえは俺のことを、『サワヤカで優しい先輩』のままだとでも思ってるんじゃないのか。俺はもう、三十になろうかというオヤジ予備軍だよ。そして、上にへつらったり、下の顔色をうかがったり、大忙しだ」

自嘲《じちょう》するように口角を吊《つ》り上《あ》げる。

「まさか俺が純潔を守ってる、なんて思わないだろうな？　おまえだって、彼女の一人や二人はいただろう」

彼女と言えるかどうか。

バイト仲間や常連客の女を相手に、すぐに弾けて消える泡《あわ》のようなかりそめの関係。快楽がなかったとは言わないが、浅倉を思うようには、心が震えることも痛むこともなかった……。

そう認めることで、かえって自分の心を見定めたと思った。

あらためて告白したい。あのときのことを詫びて、大人の男同士として、新たな関係を築きたい。自分が浅倉の鏡だというのなら、きっと想いは重なるだろう。

そのとき浅倉は、春暁の思ってもみないことを言い出した。

「でもまあ……おまえには感謝すべきだろうな。おまえが逃げてくれてよかったんだ」

愕然《がくぜん》としてものも言えないでいる春暁に、浅倉は気弱にさえ見える微笑を浮かべて追《お》い討《う》ちをかけた。

「あのとき、踏み込まなくてよかったよ」

決定的に振られた。

過去にさかのぼってまで、振られた。

どうやって居室に戻ったか、春暁には記憶がなかった。

消灯待ちの自由時間、春暁《はるあき》は娯楽室にも行かず、ベッドでぐだぐだしていた。

このところ、毎晩だ。大好きなランニングにも、いまいち気が乗らない。ふいに目標を見失ったような、うつろな気分だった。

もちろん、退職した後の人生設計に変わりはない。そろそろ物件情報を集めねば、とも思う。条件に合う店舗《てんぽ》の出物は、一朝一夕《いっちょういっせき》に見つかるものではない。なのに、意欲が低下して何事にもエンジンがかからないのだ。

浅倉《あさくら》は、自分にも欲望はあった、と言う。それは、あの時点では両想いだったということにならないか。

なのになぜ、「逃げてくれてよかった」「踏み込まないでよかった」などと言うのだろう。

浅倉自身も、自分の欲望を認められなかったのか。思春期の気の迷いで、道を踏み外さなくてよかったということか。

ならば、浅倉はもう、そういう「気の迷い」からは脱しているのだろう。

しかたのないことかもしれない。

十年という歳月が、二人の間を流れている。もう高校生のころの二人ではない。「彼女」に言及したとき、浅倉は、これ以上自分にかまうなと言いたかったのだろう。浅倉の心に自分の入る隙間はないというのなら、なるべく彼には会いたくない。顔を見れば苦しくなるだけだ。

春暁は枕《まくら》に突っ伏した。

自分は、あのときと同じ轍《てつ》を踏もうとしている、と気づいた。恥ずかしくて顔を合わせられないと思いつめ、向こうが引退して遠ざかったのを幸いに、追おうともしなかった。敵前逃亡もいいところだ。

このまま自分は逃げ続けるのか。

あと半年あまり逃げ切れば、この煩悶《はんもん》から解放される。そうすれば、今度こそ浅倉との縁は切れる。だが、それでいいのか。

耳の中に、この時間には鳴かないはずのカナカナ蟬《ぜみ》の声が響いたような気がした。

春暁は、枕からふと頭を持ち上げた。若い方の同室者二人の姿が見えない。さっきまでベッドでエロ雑誌を見ていたはずだが。四人部屋では抜くわけにもいかないから、トイレあたりでこっそり済ませているのかもしれない。

やはり、集団生活は不自由なものだ。春暁にしても、この悶々《もんもん》とした思いをうかつに吐き出すことができない。それこそ思春期の少年のように、一人になれる暗がりを探すのに、苦労しなくてはならないのだ。

まだ消灯には間がある。いっそひと走りして煩悩《ぼんのう》を晴らしてこようかと身を起こしたとき、遠慮《えんりょ》がちなノックの音がした。

「入れ」に応《こた》えてドアを開けたのは、浅倉に昼食を運んでいた、衛生科二士だった。

「遊佐《ゆさ》士長。ちょっと、いいですか」

「俺に用なのか」

目で呼ぶのに、相手は小さく首を振った。

「ちょっと」

田平《たひら》をちらりと見て、また視線を春暁に戻す。内密に話したい、ということか。浅倉に関することかもしれないと思うと、無下《むげ》にはできない気がした。

春暁は廊下に一歩出て、もう一度「何だ」と訊《き》いた。

「遊佐士長は、浅倉二《に》尉とは昔なじみでしたよね？」

まあな、と受けるのへ、相手は声をひそめた。

「じつは、二尉がクラブでつぶれておられるんで、どうしたもんかと」

「あの人が……？」

ちょっと信じられないな、とひとりごちる。

酒癖《さけぐせ》が悪いタイプには見えなかった。しかし、しらふであれだけ毒舌家なのだから、悪酔《わるよ》いしているとすると、今はどんなことになっているだろうか。

いやそれ以前に、酔いつぶれるまで飲むなんて、彼らしくない。体もだが、精神面も心配だ。

春暁はTシャツの上にパーカーを羽織って、迎えに来た隊員の先に立った。

隊員クラブは、厚生センターの中にある。昼間は喫茶《きっさ》営業で、夕方から居酒屋に模様替えする。といっても、昼間との違いは、戸口の上に小さな赤い提灯《ちょうちん》がともしてあることだけだ。外部の店より安く飲めるのはいいが、とにかく色気がない。女の従業員は二人とも中年で、おまけに無愛想ときている。

浅倉は、カウンター席にいた。その上の棚《たな》には、隊員たちのサインの入った焼酎《しょうちゅう》の瓶《びん》が、ずらりと並んでいる。自衛隊の飲みは、基本、焼酎のお湯割りだ。しかし、浅倉の肘《ひじ》のところにあるのは、洋酒のロックのようだった。

私服のサマースーツ姿になっているのを見ると、退勤するところだったらしい。帰る前に一杯ひっかけに寄って、そのまま長居してしまったというところか。

車通勤ではないのだな、と思った。電車や公共の乗り物で通勤してくる隊員は、制服は着ない。民間人に与えるインパクトを慮《おもんぱか》って、そうするように指導されている。

浅倉はカウンターに肘をつき、手の甲で顎《あご》を支え、うつむいている。春暁は斜《なな》め後ろからそのさまをしばらく眺《なが》めて、連れに目を移した。

「酒を過ごすような人じゃないと思うんだが……何かあったのか」

衛生科の隊員はひそめた声で、日中の「事件」を話してくれた。

今朝《けさ》がた、診察を受けにきた普通科の隊員に、浅倉は「激務免除」の書き付けを出したのだという。

「激務免除」とは、学校で言えば「体育見学届」みたいなものだ。医務室休養や入院の必要まではないが、特に体力を要する課業は休むことができる。学校なら親のサインで済むが、ここでは医官の証明が必要になる。

ところがその隊員が、小隊長に突っ返されたと言って戻ってきた。

春暁らの小隊長は、なんだかんだ言って話のわかる男だが、病人の方の小隊長は、昔ながらの「精神主義」に染まっているらしい。

浅倉は自ら説明に出向いた。そして、小隊長の無理解と敵意を相手に、一戦まじえたそうだ。体調の悪い隊員のために、浅倉はぐっとこらえて下手《したて》に出た。ようやく激務免除を認めさせて帰ってきたとき、浅倉はすっかり消耗《しょうもう》していたという。

そう聞くと、がっくり首を垂れた後ろ姿は、ひどくうちひしがれて見えた。

医官付きの隊員は、遠慮《えんりょ》がちに言い出した。

「今日のことだけじゃない、ような気もするんですが」

なに？　と訊《き》き返《かえ》すのへ、

「浅倉二尉、何かこのごろ落ち込んでて。心ここにあらずっていうか……」

そのとき、浅倉の頭が、かくんと落ちた。春暁は思わず駆け寄って、その肩を支えた。

カウンターの向こうから、女店員が声をかけてきた。

「困るんですよねー。ここ、九時で閉店なんで……」

春暁は如才《じょさい》なく請《う》けあった。

「あ、どうも。すぐ帰らせますから」

「一人で帰れるでしょうか」

心配そうな二士に向かって、春暁は言い切った。

「俺が送ってくよ。医務室に泊まらせるわけにもいかないだろう」

どこかの隊舎の空《あ》いている居室に今夜だけ、ということも考えられなくはないが、この酔態《すいたい》を人目にさらすのは、なるべく避けたい。曹士《そうし》とは立場が違う。

「浅倉二尉。医官どの。帰りますよ」

薄い肩を揺すると、むにゃむにゃと呟いて、もたれかかってくる。

春暁は身をかがめ、ひそめた声を耳に吹き込んだ。

「……理央《りお》、先輩」

酔眼を半《なか》ば開いて、浅倉は眩《まぶ》しそうに春暁を見上げてきた。その目に、いつもの険がない。

鎧《よろ》っていたものが酔いとともにほどけて、「先輩」と慕《した》われていた昔に返ったかのようだった。

十代のころのナイーブな浅倉理央は、この人の中にたしかにいるのだ、と思った。

自分の中にも、青くさいほどの遊佐春暁がいる。十六歳の未熟な心で、ひたむきに彼を求めた少年が。

椅子から抱き起こしながら、

「官舎、どこっすか。八重町《やえちょう》？　それとも」

浅倉は、だるそうに口を開いた。

「若園町《わかぞのちょう》……シャルム妹尾《せのお》」


幹部自衛官は、独身でも外で暮らせる。この駐屯地《ちゅうとんち》は、地方でも繁華な都市部にあるため、独《ひと》り者《もの》は大きいだけで老朽化《ろうきゅうか》した官舎より、こぢんまりした「紹介賃貸」に住むことが多い。近隣の八重町と若園町に、そういうマンションがあることは知っていた。この町で育った春暁には、土地鑑《かん》がある。車ならすぐのはずだ。

春暁は携帯でタクシーを呼んだ。門衛に話を通しておいたので、タクシーは確認を取られた上で、厚生センターの前まで来てくれた。

「先輩、ほら、車来ましたよ」

浅倉は肩を押されるまま、素直についてきた。

頭がぼうっとしているようだが、身体機能はそれほど低下していないらしい。

「ユサさんで？」

運転手にうなずいて、先に浅倉を押し込み、横に乗り込んで行き先を告げる。

門のところで、窓を開けて警護隊員に敬礼した。幹部を送ると知ってか、

「ごくろうさまです」

丁寧に敬礼を返してきた。

走りだすなり、車の振動が心地よいのか、うとうとと眠り込みかける浅倉を、肩を揺すって起こす。

「理央先輩。すぐですから寝ないで」

じっさい十分とたたないうちに、目指すマンションの前に、タクシーは止まった。小奇麗だが、築年数の古いマンションである。

このマンションには、他にも何人か幹部が入居しているはずだ。

春暁は、浅倉の腕を抱《かか》えてエレベーターに乗り込んだ。

「何階?」

浅倉は五階のボタンを押した。きしるような音をたてて、エレベーターは上昇し、すぐに止まった。

廊下をふらふらと進み、「507」と表示のあるドアの前で、浅倉は止まった。ごそごそと自分の体を撫《な》で回《まわ》す。

「鍵《かぎ》ですか?」

服の上をさまよう手から見当をつけて、ポケットから革細工《かわざいく》のキーホルダーを取ってやる。

ついでに開けて、中へ押し込む。

「先輩、靴《くつ》脱いでください。……ええと、寝室、寝室」

浅倉がふいに目を開けて、部屋の奥へ進もうとする春暁を引き止めた。

「まだ寝ないぞー」

よろっと足元を崩して尻《しり》もちをつく。

浅倉は、リビングのセンターラグにあぐらをかき、偉《えら》そうに命令した。

「水」

応えて台所に行く。これはやっぱり、部活でパシリにされている感覚だ。

「水道でいいんですか」

「れーぞーこ。レピアーン」

ろれつの怪しい言葉を聞き取って、春暁は五百ミリリットルのボトルを摑《つか》み出《だ》した。中身は半分くらいになっている。ボトルごと持っていって渡すと、浅倉はソファに背中を預けて、一気飲みした。

かと思うと、空《から》になったボトルで、春暁の肩をポカポカ叩く。

春暁は叩かれるに任せつつ、浅倉の上着を脱がせ、ネクタイを緩《ゆる》めた。気分は悪くなさそうだが、万一ということがある。

「遊佐。おまえは、バカだ」

「はい。自分はバカであります」

十八のときからの社会経験で学んだ、もっとも重要な教訓は、「酔っ払いには逆らうな」だった。居酒屋でも自衛隊でも、それは同じだ。酔った人間に理屈を説《と》いても始まらない。

だが浅倉は、逆らってもいないのに絡んでくる。

「わかってない」

「わかってますって」

今度は靴下に手をかける。浅倉の素足《すあし》が目に眩《まぶ》しい。

「い～や、わかってない！」

ペットボトルを放り出して、半眼で睨《にら》みつけてきた。綺麗な男は、酔ってクダを巻いても凄《すご》みがある。

「俺、防衛医大、第一志望だったんだぞ」

「そうでしょうね」

春暁はひたすら、ごもっともと受け流した。

「金がないのに、医者になろうと思ったら、それしかないんだ。わかるか？」

そうだったのか、と思った。

防衛医大なら、国から給与をもらって医学が学べる。

携帯を持たなかったこと、無名メーカーの古びた運動具を使っていたこと。パズルのピースが回転して、ぴたりと嵌《はま》った。

周囲からは「選ばれた人間」と見られるこの人にも、苦労はあった。けっして思いのままに生きてきたわけではないのだ。

「――わかりますよ」

今度は酔っ払いに調子を合わせるのではなく、真摯《しんし》に受け止めた。自力で人生を切り開かねばならなかったのは、自分も同じだ。

「わかってない」

繰り返して、浅倉は思いのほか滑《なめ》らかにしゃべりだした。

「防大だの防医だの、入学したら、とうぶん自由はないぞ。外出だってろくにできない……恋人なんか、作れるか」

恨《うら》みがましく呟いて、浅倉はがくりと頭を垂《た》れた。

春暁は思わず、その顔をのぞきこんだ。

「理央先輩。あなた、もしかして」

ぐらりと上体が傾く。

浅倉はソファに寄りかかって、すでに寝息をたてていた。

「――まだ寝ない、とか言いませんでしたっけ」

寝室へ連れていくのは、あきらめようと思った。他人様《ひとさま》の家に、あまりずかずか踏み込むのも失礼だ。

ソファにそのまま押し上げて、楽な姿勢に整えるにとどめた。

ごろ寝でも寒くはない陽気だが、着てきたパーカーを脱いで肩口を包んでやる。念のために顔はこちら側に傾けさせた。居酒屋勤めで、酔っ払いの介抱《かいほう》は慣れたものだ。

そのままソファのわきに膝をついて、春暁は恋しい男の寝顔を見守った。

――踏み込まなくてよかった、って。世間体だのなんだのじゃなくて、そういうことだったのか？　半年後には、柵《さく》に囲い込まれるのがわかってたから？　俺とつきあったとしても、すぐに別れが来たから？

揺り起こして問いただしたい気持ちだったが、すやすやと安らかな寝顔を見ると、それも忍びない。

水で濡れた薄い唇がわずかに開いて、白くて並びのいい歯がのぞいている。

春暁は吸い込まれるように顔を寄せた。

唇を重ねるだけの口づけで、全身に、蕩《とろ》けるようなおののきが走る。

だが、少年の日の鋭角的な欲望は、今はそっと息をひそめている。たしかに自分は変わった。もう自分しか見えない、やみくもに突っ走るだけの少年ではない。

彼の前で臆病《おくびょう》になるのは変わらないが、これ以上のことなど、許しもなくできるものか。

それでもあふれてくる思いを、春暁は抑えかねた。

「理央……さん」

閉じた瞼《まぶた》がぴくりと動く。規則正しい寝息は変わらない。

「俺はたしかにあのころと同じだ。あなたを相手にすると、とんでもなくバカでヘタレになる」

そっと伸ばした手を、迷った末に、お行儀よく腹の上で重ねた手の上に置いた。

「だけど俺は、十年前のあなたを好きなわけじゃない、今、目の前にいるあなたを」

いきなりぱちっと目が開いた。ぎょっとして思わず身を退《ひ》く。

浅倉は、寝起きのぼんやりした声で言った。

「おまえ、バカだろう」

酔っ払いがまだ言うかと、ほとほとあきれ果てた。

だが、浅倉の目は春暁の肩越しに壁を見ている。

「あの時計が読めないか」

目線をたどって、後ろの壁を振り向く。その丸い掛け時計の針は、午後十時十分を指していた。

「やっべ!」

平日の門限は二十二時だ。すでに十分過ぎている。

慌てて小隊長の携帯にかけ、かいつまんで事情を説明した。

「今、二二：一三ですから……二二：四〇までには戻れます」

『了解。門衛には話を通しておく。まあ、事情が事情だからな。罰則《ばっそく》は形式程度で済むだろう。気をつけて帰って来い』

ものわかりのいい小隊長の言葉に、春暁はほっと息をついた。

黙って戻らなければ、「脱柵」すなわち脱走兵扱《あつか》いで大事《おおごと》になるところだった。規律が緩《ゆる》んできたとはいえ、シャバとは違う。

――まず、腕立て伏せ五十回ってところかな。俺は十キロ走の方がいいなあ。

車を呼び、飛び出そうとして、もう一度ソファの上を見る。浅倉は再び目を閉じていた。

駐屯地へ帰る車の中で春暁は考え込んだ。

はたしてあのとき、浅倉は目覚めていたのか。本当に酔っていたのか。

自分の告白がどこまで通じたのか。

いつかそれを訊きだすことができるだろうか、と春暁はあやぶんだ。


春暁《はるあき》の危惧《きぐ》は的中した。次の日の昼には、食堂の入口で顔を合わせたのだが、浅倉《あさくら》は礼のつもりか、いつもより深い角度の会釈《えしゃく》をよこしただけだった。

相手があまりに平然としているので、告白の件どころか、前夜のいきさつを話題にすることさえできなかった。浅倉を前にすると、つくづく自分はヘタレだと痛感する。

再会したばかりのころは、「あと十ヵ月の辛抱《しんぼう》だ」などと考えていたが、今は「あと八ヵ月もない」と心が急《せ》く。すでに中隊長には除隊の意志を伝えてある。十月になれば、人事から書面で最終確認が来るはずだ。

早くはっきりさせなくてはと焦《あせ》るからか、浅倉に対して、これまでとはまた違った緊張をおぼえる。その緊張は、あの夜から十日ばかりの間に、じりじりと高まっていた。

時を同じくして、駐屯地もまた、緊張した空気に包まれた。

お盆も近づいたある日、大型台風が九州に接近してきたのだ。消防や警察と並んで、自衛隊も天候の変化には神経を尖《とが》らせる。演習や行事の計画に影響する、ということもあるが、第一には災害が心配だからだ。

この町は海抜が低くて、よく水が出る。大雨には厳重《げんじゅう》な警戒が必要だ。

自衛隊の災害出動は、基本的には、国や地方自治体の要請《ようせい》を受けなければできないのだが、地元の市町村については、危ないと思えば駐屯地の判断で出動できる。過去にも何度か、この連隊から隊員を出して住民を助けたことがあった。

消防からの救助要請が飛び込んできたのは、台風が直撃しないとわかって警戒を緩《ゆる》めた、翌日の昼過ぎのことだった。

駐屯地から南へ十キロばかり。いくつかの滝が連《つら》なる、急流の景勝地がある。カヌーによる川下りや、沢歩きを楽しむ人で、夏はにぎわうところだ。

そこに、前夜から警報が出ていたにもかかわらず、地元大学の山岳部《さんがくぶ》がキャンプしていて、台風くずれの雨風で孤立《こりつ》し、危険な状態になっている、という。かろうじて一人の携帯が圏外にならずに繋《つな》がって、助けを求めてきたのだ。

駐屯地ではすぐ、レンジャーの訓練を受けた者を中心に救助隊を組織して、現地に出発した。

その部隊からの第一報では、川の「中州《なかす》」というには急峻《きゅうしゅん》な岩場に、全部で十人あまりが取り残されているということだった。

ほどなく、遭難者《そうなんしゃ》の大半はすでに救助したという報告が入った。これで解決とばかり、他の隊員たちは空模様を気にしつつも、日常の課業に戻っていく。

春暁は自分の隊舎に行こうとして、迷彩の作業着姿で医務室を出てくる浅倉に出くわした。

驚いて駆け寄る。

「浅倉二尉《にい》。その格好は、どうしたんです？」

医官はふだんは白衣だが、部隊とともに野外行動をするときは、他の隊員たちと同じに迷彩服を着るのだ。

そんななりをすると、医師の顔が兵士の顔になって見える。微笑《ほほえ》みも、いつもの浅倉とは違うようで、不安を掻《か》き立《た》てられた。

「さっきの大学生たちだが、一人重傷者がいて、そのままでは川を渡すのは無理なんだそうだ」

「――で？」

貼り付けたような笑顔のままで、浅倉は何でもないことのように言った。

「落石で腹部をやられているというから、現地で応急手当をする」

見れば、その背には大きな防水バッグがかつがれている。緊急医療キットに違いない。

「現地って。失礼ですが、渡河《とか》訓練の経験は」

浅倉は、黙って春暁を押しのけた。

これと同じ表情を派遣先で見た。危険を承知で任務につく男の目は、こんなふうに静かで揺るがない――。

気後れもこだわりも吹っ飛ぶ思いがした。浅倉と共に行きたい。腹の底から突き上げる熱いものに押されるまま、春暁は小隊長の元に駆けつけた。

「後発部隊に自分を入れるように、上に進言してください！」

拝まんばかりに頭を下げる。

「自分はレンジャー徽章《きしょう》こそ受けていませんが、小隊長もご存知のように、体力には自信があります。それに地元出身で、あの川はガキのころからよく遊んだ場所なんです。きっとお役に立ちます！」

小隊長は、ぼそっと突っ込んだ。

「医官のお役に立ちます、ということだな」

そして、本部の方へ早足で去っていった。

自衛隊では、上の決定は絶対だ。春暁の心情を汲んで、下からもの申してくれようという小隊長の男気がありがたい。春暁は最敬礼でその背中を見送った。

もう出発の用意ができたらしく、ＲＶ車には、数名の隊員が乗り込んでいる。じりじりしていると、小隊長が本部から出てきて叫んだ。

「遊佐《ゆさ》！　いいぞ、早く乗れ！」

春暁は飛び立つ思いで、車に駆け寄った。

後発部隊は、戦闘雨衣《せんとうい》とよばれる迷彩のカッパに身を包んだ。浅倉だけは、作業服の上からポンチョをかぶっている。大きな救急キットを背に負っているからだ。

春暁が車に乗り込むと、浅倉は一瞬目を瞠《みは》って口を開きかけたが、そのまま言葉を呑み込んだようだった。ふと目を伏せた浅倉は、いつになく脆《もろ》く見えた。

年上で、はるか上官でもあるこの男を、わが手で守りたい。そんな身の程知らずな願いが、春暁の中で膨れ上がった。

現地まであと一キロというところで、車を降りて歩く。道は落石でふさがっていた。

春暁は、浅倉と普通科曹長《そうちょう》のすぐ後ろをついて歩いた。二人が歩きながら、ぼそぼそと話し合うのが聞こえた。

「これでは、ケガ人を川から上げたとしても……」

「ヘリは」

「この風では飛んでくれません」

その後の沈黙は重かった。

沢づたいに歩くこと三十分近く。こちらの足音を聞きつけたのか、川のほうから「おーい」と声が上がった。

川のふちで待機していたのは、先遣隊《せんけんたい》の一人だった。ほかはあらかた、先に救助した大学生たちに同行したのだ。

「ケガ人は、あの岩場にいるんだな?」

川面にたちこめる濃い灰色の霧《きり》をすかすようにして、浅倉は確かめた。

「はい。衛生科一曹と、ほか一名が付き添っています」

「容態が心配だ。すぐ行こう」

「さっきより水が増えてます。自分が瀬踏みを」

たしかに、豪の者でも足がすくむような激流だ。歩ける要救助者たちを渡すのに使ったロープが、水没《すいぼつ》しそうになっている。

浅倉は黙って、ロープを摑んだ。

「自分が後につきます」

そう申し出た後で、春暁は声をひそめた。

「絶対、あなたを流しやしない」

うなずく頬の線は硬いが、浅倉のまなざしは毅然《きぜん》としていた。

最初に柄《がら》の大きな先遣部隊の男、その後ろに浅倉、そして春暁が続く。他の隊員は、安全確保のため、川岸に残った。

浅倉に続き、一歩川に踏み込んで、春暁は歯を食いしばった。水圧がものすごい。急峻な日本の地形では、増水した川はほとんど凶器だ。

細身の浅倉は、ロープにすがるようにして進んでいく。だが中ほどまで来たとき、腰の上まで濁流《だくりゅう》に洗われて、さすがに動けなくなった。

春暁は、浅倉を腕の間に入れるようにしてロープを握《にぎ》り、足を川底から離さず、じりじりと前進した。

何度ももっていかれそうになりながら、踏みこらえてようやく岩場にたどりつく。

岩場とはいっても、平らな部分は畳《たたみ》一枚分もない。そこに小柄な男が横たえられ、衛生科の隊員が窮屈《きゅうくつ》そうにかがみこんでいる。

彼の憔悴《しょうすい》した顔に、ほっとした表情が浮かんだ。医官の浅倉を認めたからに違いなかった。

やや高い岩場に、もう一人。おそらくレンジャーだ。あたりを警戒するように見回す目が、やけに鋭かった。

荒い息も静まらないうちに、浅倉は、衛生科一士が体で庇《かば》うようにしているケガ人に這《は》い寄《よ》った。

「意識レベルは」

「清明です。ただ……腹なので」

浅倉は軽くうなずき、相手の顔をのぞきこんで微笑みかけた。

「もう大丈夫ですよ。私は医者です」

浅倉が白衣を着ていないからか、相手はとまどったように眉をひそめた。

ポンチョを脱ぎ、医療キットを下ろす。春暁ともう一人の隊員がポンチョを広げてテントのように支える下で、浅倉は治療を開始した。衛生科の隊員が助手を務める。

「痛み止めを打ちます。ちくっとしますが……すぐ、痛みが和《やわ》らぎますよ」

ようやく青年の顔に、希望と安堵《あんど》の色が浮かんだ。

雲は暗く垂れ込《たこ》めているが、夜ではないのが幸いだった。術野が見えないのでは、いくら浅倉でもその腕を発揮《はっき》できなかっただろう。

「ケッカンカクホ」

「カンシ」

「ここを押さえて」

「ケッサツしますか」

言っていることはよくわからないが、にわかテントの下、青年の紅《あか》く染まった腹の上で、浅倉の指が自信たっぷりに素早く動くのはわかった。

「こんな場合ですので、縫《ぬ》い目《め》が粗《あら》いです。後で綺麗に縫いなおしましょう。大丈夫、追加料金は取りません」

最後には冗談まで飛ばした。むろん、患者《かんじゃ》の気を楽にさせようというのだ。

腹を縫われた青年は、ひきつるように笑った。

浅倉は青年の腹に包帯を巻き終えて、額の汗を拭《ぬぐ》った。

「とりあえず、できることはやった」

その言葉に、春暁もふうっと大きな息を吐いた。

岩場の上の方で警戒に当たっていた男が降りてきて、淡々と告げた。

「医官どの、お疲れさまでした。しかしもう、空身《からみ》でも渡るのは無理ですね」

たしかに、水かさはいっそう増して、濁流は奔流《ほんりゅう》と化していた。

浅倉も平静に応じた。

「ここまで水が来ないように、祈るしかない」

流れがこの岩場を呑み込んだらどうなるか。この場の誰もが悟っているのだろうが、誰ひとり、うろたえたり泣き言を漏らしたりはしない。

春暁もまた、口には出さずに決意を固めていた。

――万が一のときは、何としても、俺がこの人を守る。

その思いを込めて浅倉を見つめる。受け止める浅倉のまなざしは、熱を帯びて瞬《しばたた》いた。こんな場合だというのに胸が震えた。

だが熱いまなざしと裏腹に、浅倉はいたって冷静な声で命じた。

「もしものときは、この人を頼む」

その目は、半《なか》ば気を失ったように目を閉じている青年に向けられた。

「君たちもだ。まず患者の安全を確保。それから、自分の身を守れ」

春暁にだけ聞こえるように、浅倉はもう一度念を押した。

「俺のことはいいから。わかるな?」

「何を言うんですか」

押し殺した声で、春暁は抗《あらが》った。

「俺は……俺だけは、あなたを」

その必死の声を、浅倉はすげなく振り払った。

「民間人が優先だ」

わかっている、それが自分たちの任務だ。だがせめて、自分の身を捨てても浅倉だけは、と願うことは許してほしい。

「それでも、俺は」

「わかってないようだな」

浅倉は冷徹《れいてつ》に言い放った。

「今この場では、私が最上級尉官だ。私が指揮《しき》をとる。これは命令だ」

春暁は、ただ首を振るしかできなかった。

「命令だと言ったぞ」

目線が絡み合う。火花の飛ぶような激しい睨《にら》みあいだった。

春暁は、浅倉の凄《すご》みある目に、ねじ伏せられてしまうのを感じた。

優しい面立《おもだ》ち、涼しいたたずまいのこの人の、どこにこんな強情《ごうじょう》と気迫があるのだろう。

「遊佐」

その声は、意表をついて優しかった。

「命令で悪ければ、俺の願いだ」

にこっと目を微笑ませる。こういうときに笑える人なのか。

「あ、あなたの願いとあれば」

呑み込んだものが、喉の奥で膨《ふく》れ上《あ》がるのがわかった。

自分には、やはり自衛官は務まらない、と思った。

どこかで舐《な》めていた。店を持つ夢があるから、自衛隊に骨を埋《うず》める気はないけれど、その気になれば、ここでも生きていけるのだ、と。要領よく器用に何でもこなし、上とも下ともうまくやっていける、と。

そんな資質より、もっと重要なものがある。自分よりも家族よりも、助けを待つ市民をこそ優先しなければならない。それをあたりまえと思うことのできる信念が、自分にはない。命の瀬戸際にあってさえ己《おのれ》を捨てる、その覚悟がない。

いや、自分のことはいい。いざとなれば捨てられるだろう。土壇場《どたんば》になればそのくらいの勇気は自分にもある、と信じている。海外派遣《はけん》の現地でだって、危険と隣り合わせだった。

わが身の危険よりも、もっとも大切な人を誰よりも優先させることが許されない、その方がずっと苦しい。

唇を噛み締めていると、浅倉はすっと身をかがめ、耳うちしてきた。

「もう一つ。……俺の前では死ぬなよ」

春暁は、はっと息を詰めた。

今にしてわかった。小銃の暴発事件のとき、浅倉が口走った言葉の真意が。

『俺の管理下で死んでくれるな』

あれは、彼としては精一杯の愛の言葉だったのだ。自分はたしかに想われている。きつい態度や棘《とげ》のある事美に隠されて見えなかったものが、騙《だま》し絵《え》が解けるようにありありと見てとれた。

その言葉を、そのまま彼に返したい。俺の目の前で死なないでください、と。

だが言えなかった。それを言えば、この人をよけいに苦しめるだけだ。今のこの状況では、それは相手に「守れない約束」を強いることになる——。

春暁は黙然とうなだれていた。

一時間ほどもたったろうか。あたりは薄暗くなってきたが、気のせいか雨風は弱まったようだった。

このまま雨が上がってくれれば。

降った雨が上流から流れてくるには、時間差がある。今雨が止《や》んでも、すぐに増水が止まるわけではないが。

時間との勝負になる、と思った。

ケガ人も、この状態で長くはもたないのではないか。止血はしていても、体温低下による衰《すい》弱《じゃく》は避けられない。もし助からなかったら、浅倉が身を捨ててもと願ったことが無駄になる。

春暁は祈る思いで天を仰《あお》いだ。

そのとき、雨の音に混じって、人工的で単調な低音が上空から聞こえてきた。遠目にはオタマジャクシのように見える灰色の影が、みるみる大きくなる。

「「ヘリが来た!」」

三人が同時に叫ぶ。

テント代わりのポンチョの下から、浅倉も顔を出した。春暁は腕を上げて機影を指差した。

「UH－1だ。鳥越《とりごえ》の飛行隊ですよ！」

県南部にある陸自の航空部隊から、嵐をついて飛んできてくれた。

いくら風雨や闇《やみ》に強い自衛隊のヘリでも、風があまりに激しくては、救助に降りる者や要救助者が煽《あお》られて危険だ。少し風の弱まった今、要請を受けることを決断してくれたのだろう。

上空でホバリングするうち、するするとザイルが下りてきた。飛行科隊員がその先にぶら下がり、オレンジ色の橇《そり》のようなものを抱《かか》えている。

小さなスペースに奇跡のように着地すると、飛行科隊員は大きく振れそうになるザイルをしっかりと保持した。

「ケガ人は動かせますか？」

「傷は縫合《ほうごう》してありますが……なるべく、上体を寝かした状態で吊《つ》り上《あ》げてください」

「了解！」

春暁たちとは形の違うヘルメットをかぶった飛行科隊員は、衛生科隊員に手伝わせて、担架《たんか》に患者を固定した。

フープに通して支えながら、自分も一緒に上がっていく。

やがてまた、空のザイルが下ろされてきた。

「浅倉二尉。先に行ってください」

「いや、私は後でも」

二人の譲《ゆず》り合《あ》いを、レンジャーが断ち切った。

「二人ずつ上がれますよ。さ、急いで！」

フープに浅倉を通し、自分は彼を背中から抱えるようにしてロープにつかまる。さっき川を渡ったときと同じ体勢だ。

ヘリの搭乗口《とうじょうぐち》まで上がると、飛行科隊員が手を貸して引きこんでくれた。

補助燃料タンクの横に、二人がけの移動席がある。ケガ人は、その座席を起こして担架ごと載せてあった。

ザイルはあと二往復して、岩場にいた者たちは、すべて収容された。

バラララ……と音が大きくなった。回転翼のスピードが上がったのだ。軽いGとともに、眼下の岩場がみるみる小さくなる。のたうつ大蛇《だいじゃ》のような灰色の川も。

もう大丈夫とばかり、春暁は隣に座る浅倉の手をそっと握《にぎ》った。

ヘリは町の中心部の公園に向かった。その公園は、有事に備えてヘリポートが整備され、すぐ近くには大きな病院もある。

ヘリポートには、すでに救急車が待機していた。

衛生科隊員とともに担架を下ろしながら、浅倉は患者に声をかけた。

「もう大丈夫ですよ。すぐ病院です」

「あ…ありがとう、ございます」

青年は固定されて動かない手の代わりのように、顎《あご》をかくかくと動かした。

救急隊員が担架を引き継いで、後ろの扉から乗せようとするところへ、

「あっくん！」

髪を振り乱した中年の女が、横合いから飛びついた。青年の母親か。

——良かった。生きて帰せて。

じわりとこみ上げてくるものがあった。

自分が生きていること。浅倉が生きていること。今はそれと同じ比重で、この青年の生還《せいかん》を、彼につながる多くの人々の喜びを思った。

そのときふいに、どん、と肩を殴《なぐ》られた。大した力ではないが、驚いて振り返る。女よりやや年かさの大柄な男が、目を血走らせて食ってかかってきた。

「なんで、うちの息子だけ、救助が遅くなったんだっ！」

——なんでって。

「怖くて、救助をためらったんじゃないのか、ええ？」

まったく見当違いの非難を受けると、困惑はするが腹も立たない。呆然《ぼうぜん》としている春暁に代わって、浅倉が説明を買って出た。

「息子さんは、腹部に裂傷を負っていて、そのままでは危険だったんです。ためらったとかで

はなく……」

「きさまが医者か？　軍医のくせに、この臆病者《おくびょうもの》！」

今度は、春暁もかあっと頭に血が上った。

『民間人を優先せよ、俺のことはいい』

そんな辛《つら》い命令を春暁につきつけた浅倉を、臆病者と罵《ののし》ることだけは許せない、と思った。

春暁は、ぐいっと相手の胸倉を摑んだ。

「この人は、勇敢《ゆうかん》な人だ！　あんたの息子のために、危険を冒《おか》して、川を越えて、自分の身は後でいいとまで！　きさまに何がわかる！」

顔を目一杯近づけて、ワンフレーズごとに、強く揺さぶる。

殴らなかったのは、保身のためというより、自分がここで民間人に手を出すなどという事件を起こしたら、浅倉の献身が無駄になる、と思ったからだった。

ぐっと踏みこらえたが、襟《えり》を摑んだ拳が小刻みに震えた。

「遊佐！　もう止めろ！」

その声とともに、濡れた体がぶつかってきた。

浅倉の右手は春暁の握り拳を、左手は肩を、しっかりと捉《とら》えている。

それは、徒手格闘《かくとう》のお手本のような、型どおりのものだった。型と違うのは、背中からホールドしている浅倉の鼓動《こどう》が、じかに春暁に響くほど、ぴったりと寄り添っていることだ。

「もういい。止めろ」

最初のひと声は厳しかったが、今度の声には、泣いている子供をあやすような、たしかな情愛がこもっていた。

春暁は、ぱっと手を放した。相手は反動でよろよろと後ずさった。

「あなた、来て！　もういいじゃないの、あっくんが無事なら！」

顔をくしゃくしゃにして女が呼び立てる。男は這うようにして、息子と妻のもとへと逃れ去った。

バタンと扉が閉まって、救急車が出ていく。公園の出口あたりから、ピーポーピーポーの音が始まり、そして遠ざかった。


この件について、直接自衛隊にクレームは入らなかったが、やはり市民を脅《おど》すような言動をそのままにはしておけないと、春暁《はるあき》には内々の処分が下された。四週間の外出禁止である。

外出は禁止でも、営内での生活には何の制限もない。遊びたい盛りの若い者にはきついだろうが、春暁にはそれほど辛《つら》くはなかった。浅倉《あさくら》とは、営内で会えるのだから。

用もないのに医務室に入り浸《びた》るわけにはいかないけれど、今では浅倉とメールアドレスも交換して、連絡を取り合っている。

あの緊迫した状況の中で、互いに言葉にせずとも、気持ちは通じ合ったのだと思う。自分の告白が宙に浮いていることだけが、どうにも落ち着かない気分ではあった。

この外出禁止期間の半《なか》ばに、例の炊事競技会が実施された。

春暁も選手として参加し、第四中隊は、三年連続優勝の栄誉に輝いたのである。

禁足が解けて最初の週末。

浅倉の方から、「外に飲みに行かないか」とメールが入った。

春暁は「場所は俺に任せて」と返した。自分の店を持つために、いろいろリサーチしてある。

門の外で落ち合って、客待ちのタクシーを拾った。浅倉と並んで後部座席に腰を落ち着け、春暁はほっと肩の力を抜いた。営内では常に人目がある。やはり、外で会えるのはありがたい。

浅倉を連れて行ったのは、駐屯地《ちゅうとんち》から車で十分ほど、住宅街にあるこぢんまりした料理屋だった。もとは民家だったのを改装したとかで、酒や食事は洋風だが、空間には和の趣《おもむき》がある。

小上がりの席についてすぐ運ばれてきたお手拭《てふ》きは、ホットだった。気がつけば、もう九月も下旬だ。

白い手を拭《ぬぐ》いながら、ふうん、と店内を見回す浅倉に、

「こういう店、ちょっとよくないですか」

「そういえば、除隊したら店を持つとか言ってたな」

「外出禁止の間も、不動産関係の友人に頼んで、いろいろ情報収集してました。最初は小さい店で、何もかも自分でやろうと」

「料理も遊佐《ゆさ》が？　それは期待できるな」

各中隊に対して中立の立場にある理央は、事務官らとともに、炊事競技会の審査員を務めた。そして、春暁の班の料理を試食し、最高点をつけてくれたのだ。

腕前のほうは自分の舌で確認済み、というわけだ。

やがて注文した皿が卓上に並んだ。体育会系の宴会ノリで、春暁は目上の浅倉に酌《しゃく》をした。ペースはゆっくりだが、素直に受けてくれるのが嬉しい。

「俺の店にいつも席を用意しておくから、ほかの店では飲まないでくださいよ」

隊員クラブもダメ、と言いたいくらいだ。この人は、酔《よ》うと緩《ゆる》くなる。あの夜の浅倉は無防備なほど繕《つくろ》わない姿を見せて、春暁を惑《まど》わせた。あんなところをほかの誰かれに見せてほしくない。

今も、どこか雰囲気がものやわらかだ。ただ、深酒だとか酒癖《さけぐせ》が悪いという感じではない。あの夜の酔《よ》い方《かた》に、やはり釈然《しゃくぜん》としないものがある。

そういえば、と春暁は水を向けてみた。

「あのとき、ほんとに酔ってました？」

「あのときって、なんのことだ」

とぼけているのか、忘れているのか。

春暁は気恥ずかしいのをこらえて、上目遣《うわめづか》いに訊《き》いてみた。

「俺の……言ったこと、覚えてます……よね？」

「さあね」

浅倉は意地悪くはぐらかす。やはり、とぼけているのでは。

「理央《りお》さん」

膝を揃《そろ》えて座り直した。

周りはかなり騒がしくなってきて、若い女の嬌声《きょうせい》や酔いの回った男の笑い声が弾《はじ》けている。ついたての向こうで誰が何を話しているかなど、気にする者もなさそうだ。

春暁の態度を見て、浅倉も杯を置いた。

「もうあなたのことを、先輩とは呼びません」

浅倉は、けげんそうに眉《まゆ》を吊《つ》り上《あ》げた。

「聞いてなかったってんなら、もう一度言います」

俺は、といいかけて、あえて自衛隊流の呼称を選択する。

「自分は、浅倉二尉《にい》が、好きであります！」

戦況報告をするように、明瞭《めいりょう》に言い切った。

浅倉の白い肌《はだ》が、ぱあっと紅色に染まる。

「お、おまえは、こんなところで、何を」

初めて浅倉をうろたえさせることができたようで、なんだか楽しい。

「今のうちに言っとかないと、酔ってしまったら、また聞かなかったことにされるから」

平気な顔で、飲みかけのビールを干した。

「バカ」

出たな、とばかり、持ち前の回転のよさで切り返す。

「知ってます？　とある辞書によれば、『バカ』は恋人に甘える言葉、だと」

もう一度「バ」と言いかけて、浅倉は口をつぐんだ。

春暁も少し酒が入った方が、気負いが解けて舌が回るようだ。

浅倉の口を封じておいて、春暁はさっきの宣言に綿々と注釈を加えた。

「先輩と呼ばないのは、今のあなたを好きなんだとわかってほしくて。十年前のあなたを忘れたわけじゃない。でも、今好きなのは、間違いなくあなたなんです。そして、十六の俺と十八のあなたは、俺たちの根っこのところにいる。それも含めて、俺は……」

出会い、別れ、再会。

その軌跡《きせき》を思い描いたとき、不覚にも熱いものがこみ上げて、春暁は喉を詰まらせた。

浅倉は、すかさず突っ込んできた。

「十六のおまえは、根っこじゃなくて、そのまま表面に出てるように見えるがな」

どうやら、いつもの調子を取り戻したようだ。

「俺はもう、そんなにガキじゃないですよ」

浅倉の唇がふっと緩んだ。

「俺ももう、そんなに若かないぞ?」

誘っているともとれる発言に、かあっと頭が熱くなる。

「かまいません。いや、違った、そんなことない、です」

焦《あせ》って失礼なことを言ってしまったが、浅倉は怒りも笑いもしなかった。

「若かないが……それでも、十八のときの自分を引きずってる」

春暁が訊き返す前に、浅倉は早口で言葉を継いだ。

「ちゃんと聞いてたんだよ、おまえの尻切れトンボな告白を」

自分の弱腰を棚《たな》に上げ、春暁は思わず詰《なじ》っていた。

「なら、どうして知らん顔してたんすか」

それらしい素振《そぶ》りくらい、見せてくれてもよかったろうに。

浅倉は珍しく、どこか気弱な微笑を浮かべた。

「うっかり乗って、また逃げられたらと思うと、気がくじけたんだ。たしかな証《あかし》が欲しかった」

自分はあの川で、今度こそ浅倉への想いを証明できたのか。浅倉がこうして腹を割ってくれたということは、そう考えていいのだろう。

春暁は熱心に請け合った。

「俺、もう逃げませんよ」

それを聞いて、浅倉の切れ長の目がきらりと光った。

「逃げようたって、逃がさないさ」

テーブルの上で拳《こぶし》にかぶさってきた手を、春暁は強く握り返した。

「先輩……っ」

「先輩はやめたんじゃなかったのか」

視線が熱をもって絡んだ。

「家に、来るか」

ぞくりとした。

清冽《せいれつ》で涼しい瞳は、今は凄艶《せいえん》な色香を帯びている。純白の雪にひとしずくの紅《あか》い血が滴《したた》ったように。

「――いいんですか」

浅倉は黙って見返してくる。目と目で、互いの望みはひとつだとわかった。

勘定を済ませ、「じゃ、行こうか?」と浅倉が腰を上げたときは、心臓が跳ね上がった。

タクシーに乗り込むと、浅倉は自分のマンションを告げた。

今夜は、浅倉が自分で鍵を開けた。

招き入れられて、このあいだは間取りも見なかった住まいを、興味深く眺《なが》める。

古いが広めの2LDKで、浅倉の性格なのか自衛隊の躾《しつけ》のせいか、何もかもが一直線だった。玄関マットからカーテン、テーブルの配置まで、歪《ゆが》みがない。

「どっちかが待ってると寝ちまいそうだから、さっと二人で入ろう。シャワーでいいか」

営内暮らしでは浴場は共同で、幹部にしても学生時代は寮生活なのだから、男同士で入浴することに抵抗はない。

ただ、相手が浅倉では、さすがに気恥ずかしいものがある。向こうは平気だろうか。

狭《せま》い脱衣場で肘《ひじ》をぶつけながら私服をごそごそと脱ぎ捨てていると、部活の合宿が思い出された。

校友会が管理している合宿所は、元は普通の民家だったとかで、風呂は小さかった。三〜四人が交代で、押し合いへし合い入っていたのだ。学年が違う浅倉とは、一緒になることはなかった。一緒になっていたら……さぞやばかったろう。

今も、少々やばいことになっている。春暁は浅倉のからだを盗み見るどころではなく、そそくさと洗った。

渡されたタオルでざっとからだを拭い、それを腰に巻いたまま、ベッドに直行した。

「風呂上がりのビール」というワンクッションもない。すでにできあがっているところへ、この上アルコールは必要ない。お互い、相手にだけ酔いたい気持ちでいっぱいだ。

二つの洋間のうち、奥が寝室になっている。

ベッドもじつに整然としていた。十円玉を落としたら弾《はず》むほどに、シーツをぴんと張るのも自衛隊流だ。

浅倉はするりとタオルを落とし、からだを皺《しわ》ひとつないシーツに横たえた。何ひとつ隠そうとしない。

細身だが均整のとれた体軀《たいく》、すらりと伸びた手足、何もかもが、乱すのが申し訳ないくらいの端整さだ。

からだの中心の草むらに、目を引き寄せられる。見つめるうちに、それはゆっくりと首をもたげて、春暁を招くかのようにふるっと揺れた。

春暁はごくりと息を呑み、浅倉の肩のあたりに手をついて、目尻《めじり》がわずかに赤らんだ顔を見下ろした。

「理央さん」

「理央、でいい」

掠《かす》れた声。

高く張り詰めた声も好きだが、情欲の滲《にじ》んだこの声も好きだ、と思った。もっともっと掠れさせたい。

今度こそゆっくり、と思ったのに、がばっといってしまった。歯がぶつかりはしないが、まるで獣《けもの》の食い合いだ。

舌を強く絡み合わせ、ひとしきり貪《むさぼ》って離すときに大きな音がした。浅倉も離すまいとしたからだ。

この口をどこへ持っていこう。唇だけでは足りない……。

「どこ…どこが、いい?」

女とは違う。どうしてやったら一番いいのか、同じように扱《あつか》っていいのか。

濡れていつもより紅く見える唇が、吐息《といき》とともに開いた。

「おまえが、いいと思うところを」

自分が魅力を感じるところ、でいいのだろうか。それならば。

白い胸の小さな尖《とが》り、わずかに紅味《あかみ》を帯びた樺色《かばいろ》の乳首《ちくび》に口をもっていく。浅倉の肩がびくっと揺れた。

「感じる……?」

「ん……や……っ」

それでいい、と言われた気がした。自分もこの感触が気に入った。熱心に舌で舐《な》め上《あ》げ、しゃぶりつく。

浅倉の顎《あご》が跳ねるように上がった。

「……噛め……！」

思わず命令に従う。それが習性になっている。特に、この男には逆らえない。

浅倉は、ひっと喘《あえ》いだ。強く噛みすぎたか。

「ご、ごめ……」

浅倉はふるっと首を振った。

「もっと、痛く、」

今度は様子を見ながら、じわじわと顎に力を加える。からだにびりっと震えが走れば、すばやく撤退《てったい》して、優しく舐め上げる。

そのうち、両方の乳首は赤く腫《は》れて、てらてらと光った。

春暁は、自分が綺麗だと思うところすべてを、舐め、吸い、歯をたてる。

髪で隠れないうなじや耳の下には、強烈な引力を感じたが、かろうじて跡を残すことを回避した。

いつのまにか、下腹がぐっしょり濡れていた。自分ひとりの先走りにしては多すぎる。浅倉もきっと濡れそぼっているのだ。

「遊佐《ゆさ》、もう」

欲しい、と囁《ささや》いて、浅倉の手が春暁の雄《オス》をまさぐった。

いよいよと思ったとき、ずうんとプレッシャーが来た。くっきりと際立っていた稜線《りょうせん》が、ぐずぐずになってしまう。完全に萎《な》えてはいないが、あきらかに覇気《はき》を失っている。

「あ、あれ、変だな」

浅倉は不審の色を浮かべて、身を起こした。

「酒のせいか」

答えずに、自分で何とかしようと弄《いじ》っていると、真顔でのぞき込まれた。

「それとも俺のせいか」

春暁は焦《あせ》って打ち消した。

「ちがっ、たぶん、緊張しすぎて」

「じゃあやっぱり、俺のせいじゃないか。……これまで、いじめすぎたかな」

嘆息《たんそく》したかと思うと、春暁の股間《こかん》から手を払いのけた。

「任せろ」

「え？　え？」

「俺は医者だぞ？　それも、どちらかというと男相手のな」

ふふ、と漏らす笑みが、えらく艶《なま》めかしい。ごくっと喉が鳴った。

根元を支えて、まっすぐに立てる。

「いい形だ。歪みがなくて」

「そ、そう？」

そんなふうに見つめられると、よけい頭に血が上って、肝心《かんじん》なところの血のめぐりが悪くなるような気がする。

次の瞬間、別の意味で頭に血が上った。

「あ、あっ⁉」

浅倉は、春暁の雄を真上から深く呑み込んだのだ。

「い、いけん、そんなっ」

答えはない。じゅぷ、じゅぷ、と淫《みだ》らな水音が響く。

先端が喉の奥に当たるのがわかる。苦しいだろうと思うのに、気持ちよさのあまり、もう制止することができなかった。

「うっ……ん……っ」

いったん腰くだけになっていた春暁の雄は、浅倉の口の中で膨《ふく》れ上《あ》がり、再び自力で屹立《きつりつ》した。

ちゅぷっと口から抜き出したそれを、浅倉は惚《ほ》れ惚《ぼ》れと眺めた。かと思うと、根元を支えたままで、春暁の上にからだをずり上げる。

「あ…え…上に?」

「任せろと言っただろう」

浅倉は春暁の腰を跨《また》ぎ、少しずつ膝を折ってゆく。濡れた先端が彼の窄《すぼ》まりに吸い込まれた

とき、繊細《せんさい》な眉がきりっと引《ひ》き絞《しぼ》られるのを見た。

「は……あ…あ…」

浅倉が大きく息を吐くたびに、自分のものが、ずるっと奥へ進んでいく。口に含まれたときとは、圧迫感が段違いだ。きつい肉の狭間《はざま》に一分の隙もなく、巻き締められている。

あまりのきつさに、

「痛く、ない……?」

浅倉は潤《うる》んだ目で微笑《ほほえ》んだ。

「ん……んーっ」

すべてを収めると、浅倉は、ゆっくり腰を回し始めた。根元はきつく絞《しぼ》られている。こんなに動いても、外れることがない。そして、中が微妙にうねる感じがした。

「あっ、あ…ん…あ、あ」

ふいに、喘《あえ》ぎ声《ごえ》の調子が変わった。切迫した「ア、ア、アッ」の声と、淫らなまでの忘我《ぼうが》の表情に煽《あお》られて、春暁は一気に上りつめた。

浅倉の尻《しり》を摑み、突き上げる。

「くっ……」

解放とともに、快感の波動が脳天まで届いた。

そのとき、浅倉のそれが、何もしてあげていないのに、弾《はじ》けるのを見た。

「えっ？　イッた？」

ぶるっと身を震わせて、浅倉はぱたりと春暁の胸に伏せる。

やがてそろそろと身を起こし、「ここ」と言いながら、わずかに浮かせた腰を揺すった。

「うっ……この……おまえのカリが当たってる、あたり、に……男のツボが……」

言い終わらないうちに、浅倉のからだに震えが走った。

「あ、来る、また……」

春暁は跳ね上がるように上体を起こし、その勢いで浅倉をねじ伏せた。

見上げられる快感に背筋が震え、みるみる力がみなぎる。

「あ、あ、大きいっ」

狭《せま》い器官から押し出されようとするのを、膝を押し広げて強引にねじ込む。

「ひっ……あ、ああ……っ」

喘ぎ喘ぎ、浅倉はねだった。

「あ……もっと…ひどく…しろ」

命令形がそぐわないことを、浅倉は次々とねだってくる。

「おまえのもので、俺を、ぐちゃぐちゃに……っ」

「もう、ぐちゃぐちゃですよ。俺、何度も出しちゃって」

それでもまだ足りない。もっともっと、浅倉を満たしたい。

とはいえ、一度休ませた方がいいのではないか。

ぐいと片方の足を持ち上げ、濡れた音をたてる快楽の壺《つぼ》から、自分のものをずるりと抜き出す。

「あ、ああっ、いや！」

浅倉は追いかけるように腰を浮かす。

「あ。まだ、欲しいですか？」

「――戻せ、早く、ゆさ、ゆ、さぁっ……」

泣き顔が可愛《かわい》い。

この人がこんなに可愛くなるなんて思わなかった。もっと可愛いところを見たい。

命令が懇願《こんがん》になるまで、春暁はじらし続けた。


気持ちがいい。

春暁は、もう何度目かになる深い吐息《といき》をついた。

知らなかった。肌《はだ》と肌が触れ合っていることが、こんなにいいなんて。想う相手とでは、ここまで違うものなのか。

それに、いい匂《にお》いがする。

高校のころもそう思ったが、この人は汗をかかないのか、それとも汗じたいがいい匂いなのか。

自分にだけ効くフェロモンでも、放っているのかもしれない。春暁は、うっとりと肌の匂いを吸い込んだ。

吸いっぱなしというわけにはいかない。もう一度、はあ、と吐息をついたとき、だしぬけにぐいと耳を引っ張られた。

「あ？　てててて……」

すぐ目の前に、浅倉のきりりと上がった眉があった。何が彼を怒らせたのか。わけがわからず、目を白黒してしまう。

甘くほどけていた唇が、予想もしない厳《きび》しさで命じる。

「さっさと支度《したく》しろ！　帰隊時間に遅れる！」

指さす方を見る。時計は午後九時半。なるほど、ぎりぎりだ。それにしたって……。

「鬼だ。鬼がいる」

ぶつぶつ言いながら脱衣所に走り、自衛隊仕込みの素早さで、春暁は身支度を整えた。

浅倉はとみると、ベッドの足元の箪笥《たんす》から新しい下着を出して身につけていた。足からするりと尻まで上げる、そのしぐさがセクシーだ。男の着替えなんか毎日毎晩見飽《みあ》きているのに、浅倉のそれには目を奪われてしまう。

浅倉はその姿で振り向いて、

「送っていくとでも思ってるのか？」

からかう調子で言う。

「や。ちょっと見とれてただけで。そんなおそれおおい、いや、そうやなくて。あの、どうぞ、横になっとってください」

からだをいたわるべきか、と思ったのだ。

相手が命じたとはいえ、かなりむちゃくちゃなことをした自覚はある。

浅倉はベッドに腰を下ろし、普段着らしいシャツを羽織りながら、もう一度、「急げよ」と声をかけてきた。

「俺のせいでおまえが罰《ばつ》を受けるのは、もう無しにしてくれ」

えっと見返す。白い頬にぱっと紅が散った。

そういうことか。浅倉のために受ける罰なら、自分はいっそ嬉しいくらいだが……。

——愛されてんな、俺。

にまにましながら部屋を出ようとすると、

「じゃあな。また、明日」

春暁はだっと駆け戻り、浅倉の腿《もも》の横に両手をついて、身を乗り出した。

「あ、明日も来てええのっ!?」

とたんに額をびしっと弾かれて、「あたたた……」と頭を抱《かか》える。

「バカ。職場で会おうってことだ」


四月入隊組の任期満了は三月末日。取りそこなった休日のぶんを引いて、春暁は三月中旬に部隊を去ることになった。

幹部が退職するときには麗々《れいれい》しい退官行事があるが、一介《いっかい》の任期制隊員には、そんなものはない。昨日の課業の終わりに、小隊で披露《ひろう》があっただけだ。

初めから仮の居場所だったはずだが、いざ去るとなると、もの寂しい思いにかられる。

すっかり部屋を片付けると、春暁《はるあき》は挨拶《あいさつ》回りに出た。世話になった上官たち、親しい同僚、食堂のおばさんにも。

ここに生活のすべてがあった四年間、そして最後の一年に、ひときわ感慨深いものがある。少年時代、初めて恋した相手と再会し、十年の間眠っていた恋を実らせることができたのだから。

最後に残した医務室に到達したのは、そろそろ昼時にかかろうかという時分だった。

診察室の前で、春暁はノックしかけて止めた。中から話し声がする。患者が来ているようだ。耳をすますと、浅倉《あさくら》の声が聞こえた。あいかわらず、いい声だ。

「カウンセリングは申請《しんせい》が必要だが、診察のついでに話を聞くことは、いつでもできる。遠慮《えんりょ》せずに来なさい」

礼を言って出てきたのは、まだ子供じみた青年だった。見覚えのない顔だ。後期入隊の新人だろうか。

私服姿の春暁を外来者とでも思ったのか、けげんそうに横目で見て行きすぎる。

もう敬礼されることもすることもないのだな、と思うと、やはり感無量だ。その一方で、何やらむしゃくしゃする。

新人と入れ替わりに入室した春暁は、どかっと診察台に腰を下ろした。

「聞こえましたよ。あんたらしくもない、優しいことを言うんすね」

浅倉の返答は、一見嚙み合わないものだった。

「連中も、医務室に来るのに抵抗がなくなってきたみたいだからな」

「へ？」

「素《す》の性格もあるが、多少は誇張《こちょう》していたさ。医務室に行けば意地の悪い医者にいびられると評判になれば、それでも行くほど具合が悪いのか、となる。甘えだ何だと言われないで済むだろう」

目をぱちくりしてしまう。

「え。じゃあ兵隊いびりは、わざと……?」

「受診率のアップは、どこの駐屯地《ちゅうとんち》でも課題になっているんだ。我慢するのが美徳、みたいなところがあるからな。それで重症化して外の病院にかかるんじゃ、医務室の意味がない」

「激務免」を認めようとしない、アナクロな小隊長みたいな人間は、ほかにもいるのだろう。

「優しくしてもらってきます」より「いじめられてきます」の方が、通りがいいわけか。

「いたぶって患者《かんじゃ》を呼ぶのか。オラオラ営業のホストみたいだな」

浅倉はくすくす笑った。

「なんだ、おまえ、ホストもやったことがあるのか?」

同じようなことを言っても、前はもっと臓腑《ぞうふ》に突き刺さるようだった。

当たりが柔《やわ》らかくなったのは、作戦終了だけが理由じゃないと思いたい。

自分と結ばれたから。恋に満ち足りているから。

そう思わないと、彼をここに残していくのが不安だ。

営内には「本物」もいる。手懐けた衛生科の隊員たちが、しっかりガードしてくれると期待しよう。

「ここが最後なんだろう? 門まで送るよ」

浅倉は、机の上を片付けて立ち上がった。

玄関を出たところで、ザザザ……と植え込みを揺すって突風が吹いた。春先の風は埃《ほこり》っぽい。

「わ、ぷ」

浅倉は、目のあたりに手をあててうつむいた。無帽《むぼう》のうなじが白い。

大多数の隊員がクルーカットかスポーツ刈りにしているが、医官である浅倉は、事務方と同じくやや長くしている。それでも、内規によって襟足《えりあし》は短い。

まだ春浅い風に、むきだしの首すじが寒そうに見えて、春暁は庇《かば》うように肩に手を回した。とたんに、ぺしっとその腕を払われた。

「まだ門の中だ」

「何もしとらんじゃないすか」

春暁は恨み言を口に出さずにはいられなくなった。

「だいたいひどいよ。あれ一回こっきりで、後は俺の任期切れまでお預けやなんち。俺、この半年、気が変になりそうだった」

管理下にある者を死なせたくない、と言った浅倉は、管理下にある者との関係も好ましくない、とのたまったのだ。

そして、恋人気分どころか、むしろいっそう他人行儀な態度で春暁に接するようになった。

それでも休みの日には外で会ってはくれたが、アルコールはなし。日のあるうちに食事やお茶をともにするくらいで、あまりにも健全な日々だった。

「ほう。それじゃ、一回もない方が良かったか？」

久々の意地悪な質問だ。

春暁は考え込んだ。そして究極の奥義・質問返しをぶつけた。

「理央さんはどうなん？」

これには浅倉も、参ったという顔になった。

「そうだな。俺が誘ったようなものだったしな。あのときは……俺も、抑《おさ》えが効かなかったんだ」

面目《めんぼく》なさそうに肩をすくめたかと思うと、

「おまえも外で暮らすことになるし、これからはいつでも会えるな」

「泊まりも？」

浅倉は返事をしない。だが、色白の頬に、ほんのりと紅がのぼる。それが何よりも雄弁に、彼の心のうちを語る。

資料館の前の桜並木で、浅倉は足を止めた。角を曲がれば、門衛の詰め所が見えるはずの場所だ。

白衣のポケットに手を突っ込み、ちょっと拗《す》ねたようにうつむく。

「正直、少し寂しい」

春暁は目を瞬《しばたた》いた。

――「いつでも会える」と言ったそばから、なんで?

「この営内に、もうおまえがいないと思うとな」

ゆっくりと、浅倉はあたりを見回した。

「自由に外で会えるようになるってのに、おかしいだろう? それでも……おまえと同じ職場にいるということが、俺には楽しかったよ」

春暁も、胸が詰まってきた。

「おまえも同じ気持ちでいてくれたなら……」

「そんな……決まっとるやないか」

そっと手をとり、指を絡める。そのまま口元に持ってゆくと、かすかに消毒薬が匂った。そのはるかかなたには、硝煙《しょうえん》の匂いも残っているに違いない。

この人はこれからも、医者であり、自衛官であり続けるのだ。

「でもひとつだけ、俺には納得できないことがある」

不安げな瞳を向けられ、慌てて言葉を続ける。

「俺には、ほかの誰かの命を理央より優先するなんて無理だ。あの川で、そう思った。だから、辞めることに後悔はないけど」

ぐっと奥歯を噛み締める。

「だけど理央さんは違うんだよな。他人を助けるために、俺を後回しにできるんだよな。それがちょっと悔《くや》しいというか」

浅倉はまじまじと顔を見たかと思うと、唐突に言い出した。

「おまえをバカだバカだと言ってきたが、むろん本気じゃなかった。おまえがそれなりに勉強ができたのも、常識があるのも知っている。あれは……反語というか、早い話が意地悪だな」

ええそうでしょうよ、とため息で応《こた》える。

「だが今、考えを改めたぞ。おまえ、本当にバカだろう」

これにはさすがにむっとして、春暁は顔を上げ、嚙み付いた。

「どこが！」

見返す浅倉の目にぶつかって、春暁はとまどった。言っていることは意地悪なのに、そのまなざしは、このうえなく優しかったのだ。

「今日からおまえは、もう自衛隊員じゃない。民間人だ。俺たちに守られる立場になったんじゃないか」

あっと口が開いた。

――なるほど、たしかに俺は大バカだ。

浅倉は珍しくもじもじと、

「それも、俺にとっては、ほかの誰にも代えがたい……最重要民間人、だからな」

自分の言ったことに自分で照れて、耳まで真っ赤になっている。

可愛い。そう思ったときには、もう相手を抱きすくめていた。

「こら。まだ門の中だと」

抗《あらが》うのを、

「門の前でされたくないでしょ」

われながらずるいことを言って、唇を奪う。

辛辣《しんらつ》な恋人は、春暁の腕の中では、とても素直に甘かった。

十一年目のすれ違い

待ち人は、時間きっかりに姿を現した。

地味なスーツ姿は、会社員か役所勤めのようだが、門衛の隊員に敬礼するさまはぴしっときまっていて、一般人には見えない。

彼は門を出たところで立ち止まり、サーチライトで照らすように、ぐるりと顔を回した。春《はる》暁《あき》を探しているようだ。

駐屯地《ちゅうとんち》の門前で、派手にクラクションを鳴らすわけにもいかない。春暁は運転席の窓から頭を突き出し、声をかけようとした。

「り」

言いかけて、呑《の》み込《こ》む。

「あ、浅倉《あさくら》……さん！」

恋人は、つい最近まで上官だった。プライベートな場所ではともかく、人前では、つい階級で呼びそうになる。

こちらを向いた目が、いぶかしげに細められる。彼の視力はいいはずだが、と春暁も首をかしげた。

青信号になると、理央《りお》はつかつかと道を渡ってきて、助手席に回った。

春暁が運転席から手を伸ばして開けようとするのと、向こうから開けるのと、ほぼ同じタイミングだった。

やや高いステップを、理央は身軽く上がってきて、シートに腰を落とす。すらっとした足が車内に引き込まれ、バタンとドアが閉められた。

その音で、心臓が跳ね上がる。

——俺の車に、理央を乗せてるんだ。

こんなことで高鳴る胸が、われながら少々情けない。

理央はシートベルトをかけながら、含み笑いを漏らした。

「意外だな」

「え、何が」

春暁は、きょときょと落ち着きなく目を動かした。車に何かおかしいところがあっただろうか。それとも自分に。

「車を買った買ったと威張《いば》ってたから、もっとこう」

言いかけて、言葉を選ぶ間があった。

「まあ……堅実《けんじつ》な車だな」

何の変哲《へんてつ》もない白いワゴン車では、ほかに褒《ほ》め言葉はないだろう。商売にも使うわけだからと、実用を考えての選択だった。

「つまんない車ですいませんね」

春暁は、拗《す》ねた調子で呟いた。

格好のいい車でなくて、理央をがっかりさせたかと思うと、浮き立っていた気持ちが萎《しぼ》んでしまう。

「隊のトラックに比べれば、なんだってマシだ」

憎《にく》まれ口《ぐち》を叩きながら、唇に浮かんだ笑みは楽しげだ。理央はシフトレバーにかけた春暁の手を、上から軽く押さえた。

それだけのことで、春暁のテンションは復活する。

「じゃ、行きますか」

「安全運転でな」

念押しして、理央はシートに背中を預けた。

今日は、夕食を一緒にとる約束だ。自信をもってお勧めできる、とっておきの店に案内するつもりだった。

ただ、理央は味にやかましい方ではないが、何でもガツガツ平らげる健啖家《けんたんか》でもない。おまけに、定時で出てきたので、まだ飯時には早い。

もう少し空《す》きっ腹になってからの方が、と春暁は遠慮《えんりょ》がちに提案した。

「ちょっと、寄り道してええ？　二、三、見てもらいたい店があるんやけど」

何のことか、理央はすぐ理解したようだった。

「ああ。俺もまだ腹は空いてない」

それを聞いて春暁は、ハンドルを繁華街とは反対方向に切った。

春暁が自衛隊を去ったのは、先月の半《なか》ばだった。

何かヘマをしてクビになったわけではない。もともと、自分の店を持つという夢を、居酒屋で働いているときから温めていた。

その資金を貯めるために任期制隊員を四年間務めて、いわば契約期間満了の、円満退職である。

在職中に、店舗《てんぽ》の賃貸物件を絞《しぼ》り込《こ》んではあったのだが、いざとなると迷いも出る。なにしろ、居酒屋時代にさかのぼると、八年ぶんの貯《たくわ》えをつぎ込んでの開業だ。失敗はしたくない、と思えば慎重《しんちょう》にもなる。

こういう機会に、理央にも見てもらいたいな、というのは甘えだろうか。でも、その甘えを理央が許してくれている。それだけで、心が弾《はず》んだ。

絞り込んだ上位三件は、そう遠い範囲に散らばってはいない。食前のドライブには、もってこいだと思った。

ただ、物件を見るといっても、業者から鍵《かぎ》を預かっているわけでもない。車を止めて、外観や周辺の様子を眺めるのがせいぜいだった。

三つ目の店は、モノレールの終点から緩《ゆる》やかな坂を上りきったあたりにあった。

白い看板に赤いゴシック文字で「貸店舗」と書かれている。色あせたストライプの日よけが古臭《ふるくさ》い印象を与えるものの、壁や窓はなかなか洒落《しゃれ》た造りだ。

昼間は人通りの少ない道のはずだが、ちょうど退勤時間にあたったのか、働き盛りの男たちが、三々五々、坂を上ってくる。

数年前、モノレールの駅を挟《はさ》んだ埋立地に工業団地が誘致されてから、このあたりにはその従業員や家族が住みついて、ちょっとした住宅地ができつつある。

飲食店として、立地は悪くないと思う。しかも、駐屯地からはモノレール二駅という便の良さだ。

春暁が車から出ると、理央も降り立って、周囲を見回した。

「風が爽《さわ》やかだな……。こういう高台は、開放感があっていいな」

春暁が顔を輝かせたのを見てとってか、慌てたふうに付け加える。

「言っておくが、商売にどうかってことは、俺にはわからないぞ」

本人が気にするといけないので口には出さなかったが、理央の「いいな」は、天秤《てんびん》を傾けるにじゅうぶんな錘《おもり》だった。

そこから食事処《どころ》に行く間に日が落ちて、腹の空き加減もころあいになった。

間口が小さく、見つけにくい場所にあるが、中は広々として落ち着いた店だ。

四人がけのテーブル席ではなく、坪庭《つぼにわ》に面したカウンター席に誘う。向かい合うより、横並びがなぜか嬉しい。

お任せコースを頼んで、

「俺は運転するからダメやけど、理央さんは何でも飲んでよ」

春暁なりに気を遣《つか》ったのだが、軽くいなされた。

「酔《よ》わせてたらす気か」

――そういえばこの人は、酔うと緩《ゆる》くなるんだったな。

告白した夜のことを思い出して、くすぐったい気分になった。

運ばれてくる料理や器について、春暁があれこれコメントするのを、理央は半ば感心、半ば冷やかしの表情で聞いていた。

ゆっくり時間をかけて食事をとり、車に戻ったところで、春暁は切り出した。

「俺んち……来る？」

理央は小首をかしげた。

「実家にいるんじゃないのか」

店舗が決まらないことには住居も決められなくて、除隊後は、いったん〝実家〟に戻った。といっても兄の家だから、そうそう居候《いそうろう》を決め込んでもいられない。

理央のところに転げこむ、という選択肢《し》はなかった。

自分で借りているとはいえ、理央のマンションは自衛隊官舎の扱《あつか》いだ。他の幹部自衛官も入居している。そこへ他人を住まわせているとわかれば、いろいろと問題になるだろう。まして、二人がそういう関係だと知られたら。

「今は家具つきのウイークリーに、ちょっと」

理央はあっさりうなずいた。

「いいだろう。そこへ連れていけ」

学生アパートのような外見のウイークリーマンション、一階の奥が、春暁の現在の部屋だ。鍵を開けて招き入れる。

理央は、狭《せま》い玄関の内側で、嘆息した。

「隊舎の個室並みに殺風景だな」

「ま、仮住まいだから。上がって上がって」

フロアに上がった理央が身をかがめる横から、いそいそと彼の脱いだ靴を揃《そろ》える。

ワンルームの中央に立って、理央はまた小さくため息をついた。

「しかもシングルか」

壁に寄せて置かれた備えつけのベッドは、見るからに安手の規格品で、本当に一人ぶんの幅《はば》しかない感じだ。

春暁は理央の耳に吹き込んだ。

「左右じゃ狭いけど、上下なら」

「バカ」

みるみる耳が赤くなる。だが理央は、瞬時に体勢を立て直し、いつもの高圧的な態度で切り返してきた。

「上下というが、俺が上でいいんだろうな」

いいも悪いもない。春暁はものも言わず、理央を抱きすくめた。

「そうがっつくな」

ぐいと頭を押しやられる。春暁は、めげずにむしゃぶりついた。

「俺、もう、理央さんに腹ぺこ」

「なんだ、その妙な言い回しは」

そう言われても、それが実感だった。

「つきあっている」状態になったのは、半年以上も前だ。だが、まともにからだを合わせたのは、豪雨のさいの謹慎《きんしん》が解けた秋口に一度だけ。そのまま退職まで「お預け」をくわされて、その後も年度末のゴタゴタで、なかなか誘いを受けてもらえなかったのだ。

「反芻《はんすう》しようにも、あの一回だけじゃ。ループしすぎて記憶が擦り切れそう……」

「バカだな」

いつになく優しい声が、腕の中からくぐもって聞こえた。

「これから、どんどん新録が貯《た》まるじゃないか」

後でひっくり返されるだろうなと思いながらも、春暁は狭いベッドに理央を押し倒した。

結局、四月初めに理央と見た最後の物件に決めて、賃貸契約を済ませたのは、ＧＷに入る寸前だった。

その夜ばかりは張り込んで、ホテルのレストランで祝杯を上げ、同じホテルに部屋もとった。ツインでも、ベッドは大きめのセミダブルで、少なくとも理央を抱くにはじゅうぶんなスペースがある。

「待たせたな」

後から風呂を出てきた理央のバスローブ姿には、思わず見ほれてしまった。春暁と同じものなのに、理央が着ていると不思議と艶《つや》っぽい。かたちのいい足の、絶妙なところでローブの裾《すそ》が切れているのが、眩《まぶ》しいほどだ。家では、絶対にこういう格好は拝めない。

春暁は、立ったまま相手のローブの紐《ひも》を解きながら、お伺《うかが》いをたてた。

「今夜は、上に乗っかるの、なしでええ?」

「なに?」

細い眉《まゆ》が神経質に吊《つ》り上《あ》がる。春暁は、慌てて懐柔《かいじゅう》にかかった。

「や、あれだとなんか、俺がやってる気がしないっていうか、逆にやられとるような気になるもんやけ……」

「それのどこが悪い」

開き直った理央は、女王様然と胸を張った。

「どっちにしろ、おまえは俺の下だろう」

そう言い切られては、男として立つ瀬がない。

「おまえが自衛隊を辞めても、おまえが俺の後輩だってことに変わりはないぞ」

「えー」

春暁は唇を尖《とが》らせて抗議した。

「理央さん、そんな体育会的なノリは嫌いだったんじゃ……」

「初年兵は黙ってろ」

言うなり、首を捉《とら》えて唇で春暁の口をふさいでくる。

後は、場所は違えど、これまでどおりのセックスだった。つまりは、理央の命じるままに、ということだ。

命令形で愛を歌う君、とかいう短歌を教科書で見たような記憶がある。そうだ、これは愛には違いない。

理央に命じられることは、すべて快楽に繋《つな》がっていく。その薄くて品のいい唇から放たれるきつい言葉は、極上の媚薬《びやく》のように、春暁を追い上げる……。

だが、まったく不満がないわけでもない。

上に乗られることは、じつはそれほど問題ではないのだ。主導権が理央にあるのは、もう納得している。

理央とはたった二歳しか違わないけれど、その差が大きい。

高校時代、憧《あこが》れの先輩だった。職場では上官だった。それも、防衛医大卒の医官と腰かけ士長。すべてにおいて、自分は格下だ。

それに、下から見上げる理央の痴態《ちたい》は、日ごろの折り目正しさをかなぐり捨てたように淫蕩《いんとう》で、しどけなく……。

いや、それは置いて。

春暁が抵抗を覚えるのは、理央の要求が、おうおうにして理央自身のからだを苛《いじ》めるような行為だからだ。

それが理央の望みなら叶《かな》えてやりたいと思うけれど、可憐《かれん》な乳首《ちくび》や滑《なめ》らかな肌を乱暴な行為で痛めたくないし、まして噛むだの爪を立てるだの、本当はやりたくない。許されるなら、理央にはひたすら甘く優しい愛撫《あいぶ》だけを与えたい。

そんな内心のせめぎあいを抱《かか》えながらも、今夜も理央にまたがられ、春暁は騎馬戦なら馬の役どころを務めている。

春暁の腰の上でしなやかに反り返る理央は、手綱《たづな》のように春暁の腕を自分にまといつかせて、絶頂をきわめた。

「ん…あ…あ……っ」

苦しげに寄せた眉根がふわっと緩んだかと思うと、理央は春暁の胸に突っ伏した。

力の抜けたからだをぎゅっと抱きしめてから、そっと自分のわきに横たえる。

ディナーのワインが後から効いてきたのか、理央はそのまま、ことんと眠り込んだ。

十年前から好きだった。ずっと憧れていた。その人を、こうして腕に抱いて眠りにつかせる日が来るとは、思いもしなかった。

口の悪さもきつい表情も好きだけれど、無防備に自分を投げ出している姿は、ただもう愛らしい。そんな理央を見ていると、揺すって起こして口づけして、もう一度抱きたくなる……。

素直な黒髪が白い額にもつれている。掻《か》き上《あ》げようとした手を、春暁はびくっと引っ込めた。

さっき高飛車にやられたので、つい尻込みしてしまう。いきなり理央の目が開いて、「何のマネだ」と睨《にら》まれたら、ちょっと怖い。

われながらヘタレだ、とため息をつき、春暁は手持ちぶさたに目をさまよわせた。

サイドテーブルにホテルの便箋《びんせん》が載っている。ペンもある。

春暁はそれらを取り上げ、腹ばいの姿勢で、第一候補と考えている店の名前を、幾《いく》通りかレタリングしてみた。予算がぎりぎりで、デザイナーに頼むなんて贅沢《ぜいたく》はできないのだ。

――こう、右に十五度くらい傾けるのがカッコイイよな。

心中で自画自賛していると、

「何を書いてるんだ?」

背中に重みがかかり、肩越しにのぞき込まれた。いたずら書きをする腕の動きが伝わって、理央の眠りを覚ましたらしい。

理央は眉をひそめて、気取った字体のアルファベットを眺め、

「バル……リオ、か、これは」

春暁はとくとくと解説した。

「そっ。スペインで居酒屋のこと、バルっていうんちゃ。南欧ふうの料理を出す予定やけん」

理央は仏頂面《ぶっちょうづら》で切り込んできた。

「バルはわかってる。リオの方は、どういうつもりだ」

「リオのカーニバル……というのは建前で。俺の最愛の人の名前をいただきまして、」

ぽかっと脳天に拳骨《げんこつ》が落ちた。

「そんな名前の店になんか、俺は絶対に行かないからな」

「えー。なして? 自分の別荘って感じで、愛着がわいたりせん?」

「するか、バカ!」

出た。理央の「バカ」攻撃。背筋がぞくぞくする。

なぜだろう、理央から罵声《ばせい》を浴びせられるのが、自分はちっとも嫌じゃない。びくっとはするけれど、単純に怖いだけとは違う。ぺしっと叩かれた手の甲が、じんわりと熱を持つような、

そんな温《ぬく》もりさえ感じてしまう。

別の人間に言われたら、腹が立つだろう悪態が、理央の口から出ると、どうしてこう甘く響くのか。

本当に甘えられているのかもしれない、と春暁は思った。照れ屋で素直でない理央には、きっとそれが愛の言葉なのだ。ならば、自分にだけバカと言ってほしい。

春暁が嬉しそうにしているのがカンに障《さわ》ったのか、理央はいらだたしげに言葉を重ねた。

「ふだんから先輩とか浅倉とか呼んでるならともかく。名前で呼んでるくせに、それを店名になんて、よく恥ずかしくないな」

春暁は微笑《ほほえ》んだ顔のまま、突っ込んだ。

「うん、恥ずかしくないよ。趣味の問題やけ」

「……それを、悪趣味というんだ！」

年上の恋人は、色白の頬はそのままに、耳と目元を紅く染めていた。それは怒りの姿を借りた恥じらいだ。

怒っているだけなら強行したかもしれないが、恋人のそんな可愛《かわい》いところを見せられては無理は通せなくて、春暁はしぶしぶ、二番目の候補を昇格させることにしたのだった。

契約した店舗には、裏に小さな倉庫はあるが、居住空間がない。だから、住まいとして、店から車で五分のところにコーポの一室を借りた。

けれどせっかく、仮住まいではない自分の城を得たものの、その部屋はなかなか二人の愛の巣にはならなかった。なにしろ、春暁が忙しすぎたのだ。

一軒《いっけん》の店を作り上げるということが、こんなに煩瑣《はんさ》な雑事を伴《ともな》うとは。予想もしなかった、わけではないが、見通しがかなり甘かったと思う。

こんなに放っておいたら、女の子だったら、とっくに逃げ出している。もしくは口喧嘩《くちげんか》が絶えないだろう。

『あたしとお店と、どっちが大事なの』

そんな比べようもないものを並べて選ばせようとしないあたり、理央はさすがに大人の男だ。だからといって、それにふんぞりかえってはいられない。十年越しで口説き落とした貴重な花を、枯れさせてはならない。

ろくろく会えないぶん、春暁は、電話やメールでこまめに連絡はとっている。たいていは、会えないことの言い訳になるのだが。

「ごめん。今週末は、内装業者が入るんで……」

理央はすばやく遮《さえぎ》る。

『謝ることか』

そして、日ごろの辛辣《しんらつ》さはどこへやら、寛大《かんだい》に請《う》け合《あ》うのだ。

『わかってるから、気にするな』

そんなものわかりの良さが、かえって不安だ。妙にいらだたしい。

わがままに責めてくれないのが、なんだかもの足りなくて、意地悪く突っ込んだことがある。

「何をわかってるって?」

『それは……店が大変なんだから……』

「店じゃなくて。俺の気持ち、わかる?」

追い詰められて、理央は癇《かん》の立った声を上げた。

『おまえがわかってればいいだろう!』

色白の頬を染めているだろう姿が浮かんで、たまらなくいとしくなる。

「言ってくんないとわかんない。だって俺『バカ』だから」

わざと拗《す》ねたふうに、突き放した言い方をすると、電話の向こうで理央は口ごもった。

『おまえが、その、つまり、俺を……』

そこから急に早口になって、

『ちゃんと想ってくれてると、わかってる!』

言うなり電話はぷつんと切れた。

可愛い。年上の、ちょっと根性悪な恋人は、どんどん可愛くなる。

そういえば、理央は「隊員が医務室に来やすいように、わざと陰険にふるまっている」などと言っていた。演技をやめた理央は、こんなに可愛かったのか。

また別の日には、どうしても会いたくて、理央を呼んだこともある。

「今、店の厨房《ちゅうぼう》で、料理を試作してるんだ。来れない？」

『まだ開店してもいないのに、部外者が立ち入っていいのか』

分別ぶって言うのへ、

「部外者やなかろうもん。ヘタすりゃ『バル・リオ』になっちょるとこ……」

電話はまたもやいきなり切られたが、理央は律儀《りちぎ》にやってきた。

物件めぐりにつきあわせたときは、外から眺めるだけだった。店内に理央を招くのは初めてだ。

春暁は頬を紅潮させ、理央の手を取らんばかりにして、カウンターの席にかけさせた。

そして、半ばできあがっていた自信作を大急ぎで仕上げ、次々に盛りつける。

だが、春暁が並べた彩《いろど》りも鮮やかな料理の数々に、理央はほとんど箸《はし》をつけなかった。

「ごめん、食欲ないんだ」

きっと美味《おい》しいんだろうけど、と付け加えて、ぎこちなく微笑む。

「こんな体調のときに来て悪かったな」

「俺の方こそ、ごめん……！」

理央は梅雨《つゆ》前後に食が細くなる。何とかしようと、去年は手製の青梅ドレッシングを差し入れたりもした。

そういう時期になっていることも、頭から飛んでいたのだ。

店にかまけて、理央をないがしろにしているつもりはなかったのに。いっぱいいっぱいで、気遣えなかった自分が情けなくて悔しくて、泣きそうになった。

理央はカウンター越しに、震える拳《こぶし》に手を重ねてきた。

「気にするな。ここでおまえを見るだけでも、来たかいがあった」

いつになく優しいことを言われて、ますます涙腺が脆くなる。

「理央さん……」

不覚にも鼻がぐすんと鳴った。

理央は困ったように目をそらしたかと思うと、ひとつ咳払いして、

「まあ、その……料理してるおまえは、セクシーだからな」

ぎょっとして涙も引っ込んでしまった。そんな赤裸々なことを、理央が口にするなんて思わなかった。

春暁が目を白黒していると、理央はしかつめらしく言い添えた。

「食欲と性欲は、けっこう近い位置関係にあるんだぞ？　だから今は……おまえが忙しくて助かった」

憎まれ口のようだが、少しも根性悪には思えなかった。

ようやく開店にこぎつけたのは、契約からさらに二ヵ月、そろそろ巷《ちまた》ではビアガーデンの話題も出るころだった。

客層としてあてこんだ、工場と駐屯地《ちゅうとんち》の休日に合わせて、日曜を定休とした。これで理央《りお》とのデート日も確保できると、春暁《はるあき》はにやついた。

開店初日、夕暮れとともに、それほど広くもない店内は自衛隊関係者で埋め尽くされた。そして、中隊有志からの花輪が店先を飾った。

夜しか開けない店ということもあり、ださい日よけはとっぱらって、扉には直接「バル・プリマヴェーラ」と横文字で記した。「リオ」が却下《きゃっか》された結果、繰り上がり当選した店名は、春暁の「春」をスペイン語に置き換えたものだ。

スペイン語になじみがないせいか、誰もそこには気づかない様子だった。そうなると、捨てた第一候補が惜しまれる。

――「リオ」のままでも、あんがい気づかれなかったんじゃないか。

小隊長や田平《たひら》、世話になった曹士《そうし》連中に混じって、その理央も来てくれていた。

自分で「制服」と考えている白いシャツと黒いジーンズの、腰のあたりに短めのエプロンを巻きつけた姿を披露《ひろう》すると、やってきた連中から、わっと歓声が上がった。

「足が長いから、サマになるなあ」

「自衛官って、制服を脱ぐと、イケメン度が下がるもんなんだけどな」

「遊佐《ゆさ》は、そっちのほうが似合ってるよ」

その姿を理央に見せるのも初めてだ。何とか言ってよ、と見返ると、理央は隊員たちの輪からはずれて、ひとりカウンターの端にいた。

どんな大きな花輪よりも、春暁にとって嬉しい花は理央なのに。

だが、そっと片隅にいる理央の気持ちが、春暁にも痛いほどわかった。

二人の間に特別な関係があるからこそ、そして二人を知る人間ばかりのこの場だからこそ、馴れ馴れしくはふるまえない。ただの元同僚というラインを超えるものが、互いの間に通うのを、人目に触れさせまいと自制しているのだ。

駐屯地から通いやすい物件を選んだのを、春暁は、ちょっとばかり後悔した。

しかし、ひと月もたつと、自衛隊の人脈頼みだった店の経営は、様変わりしていった。

仕事帰り、町に出るより近場でちょっと飲もうという工業団地の従業員たちで、今では毎夜ほぼ満席になる。

一人ではとてもさばききれなくなって、ホールと皿洗いに、アルバイトの女の子を雇うことにした。

むろん、開店当初ほどではないが、今も古巣の仲間はぽつぽつ来てくれている。

理央は、ほとんど毎週通ってくれる「常連」になった。

小隊長が言いふらしたらしく、二人が部活の先輩後輩ということは、今では営内でかなり知られているようだ。理央が春暁の店を贔屓《ひいき》にしても、不自然ではないのだろう。

理央はたまに部下を連れてくることもあるが、一人で来たときは、看板まで待ってもらって春暁の家に伴《ともな》ったりもする。

ようやく恋人らしい時間を持てるようになって、春暁は胸ふくらむ思いがした。

ただ、休みの前日でなければ、理央は泊まってくれない。

深夜に慌《あわただ》しく、鳥が飛び立つような帰り際がわびしくて、春暁は何度も引き止めようとした。

「朝までいても、間に合うだろ?」

日常の行動すべてが、一般人の倍速である自衛隊流をもってすれば、十分で支度《したく》が整うはずなのだ。

理央はにべもなく突っぱねた。

「おまえの家から直行なんてマネができるか」

どういう心理かよくわからないが、春暁の部屋から出勤する、ということに、理央は何やら抵抗を覚えるらしかった。

だから、初秋のある夜、理央を家に連れてきたときは、次の日が勤務なので、期待はするなよ、と自分に言い聞かせていた。なのに、からだを交わした後にシャワーを浴びに行った理央は、もう一度春暁の横に戻ってきてくれたのだ。

春暁はびっくりしたが、何も訊《き》かなかった。うかつなことを言ったら、ヘソを曲げて帰ってしまいかねない。腫《は》れ物《もの》に触るようなとはよく言うが、理央の扱《あつか》いの難しさは地雷並みだ。今夜だって、「泊まっていかん？」と性懲《しょうこ》りもなく誘いかけたいのを、ぐっとこらえたのだ。

それでかな、とふと思った。

春暁が我を張らないからこそ、望みを叶えてやってもいい、という気になった。あるいは、春暁のおねだりに負けて泊まる、という形でなければよかったのか。

情をかけてくれたのなら素直に嬉しいし、理央の意地なら——それも可愛い。

おそるおそる、湿りを残したからだを抱き寄せて、

「ええと……アラーム、七時でええ？」

理央は目を閉じたまま、「ああ」とだけ答えた。

ささいなことだが、こうやってちょっとずつ、二人の間で許しあうことが増える。またひとつ階段を上ったというか、関係の深まりを感じて嬉しかった。

そのせいだろうか、明け方、春暁は、とても幸せな夢を見た。

薔薇《ばら》色《いろ》の雲の上を、ほわほわと漂《ただよ》っているような。温かくて柔《やわ》らかくて、いい匂《にお》いのする綿に包まれている、そんな夢。

眠りの底からゆっくりと意識が浮上してくる。目覚めてもなお、腕の中に、綿雲のような恋人を抱《かか》えている……。

春暁はへらっと微笑《ほほえ》んだ。

その至福のときは、ピリリリ……という鋭い電子音で破られた。

春暁は、ぱっと目を見開いた。この耳障《みみざわ》りで無機質な音は？　自分のアラームは、流行《はや》りの歌に設定してあるのだが。

横でむっくりと起き上がる気配がした。

——ああ、そうか。理央の携帯だ。

それも、アラームではなく、着信のようだ。理央が通話に出た。話しぶりでは、相手は駐屯地の上官らしかった。

春暁は頭を持ち上げて、壁の時計を見た。

午前六時。隊舎《たいしゃ》では起床時間だとはいえ、始業にはまだ間がある。こんな時間に、営外の幹部を呼び出すような、何が起こったというのだろう。

自衛隊員は、基本、二十四時間体制だ。むろん、始業・終業の時間は決まっていて、平時の生活はごくふつうのサラリーマンと大差ない。だが、いったん事が起これば、不眠不休にもなる。

春暁は、今なにか情勢が緊迫してるかな、と思いめぐらした。

していると いえば、しているだろう。もう数年にわたって、日本を囲む国際情勢は穏やかではない。

しかし、理央は幹部自衛官とはいえ、駐屯地の医務室に勤める医官だ。そんなきなくさい情勢に、かかわりはないはずだが。

部隊に急病人が出たのかもしれない、と春暁は思いついた。

——衛生科の隊員で対処できなけりゃ、救急車を呼べよ。時間外に医官を呼びだすことはないだろ。

胸のうちでぼやく。

自分が営内にいて、大ケガでもしていたら、きっと誰より理央に診《み》てほしいと思うだろうに。身勝手もいいところだ。

それでも、せっかく理央が泊まってくれているのにと思うと、腹立たしい気持ちにもなる。

理央と一緒に起きて、朝食を調《ととの》え、出勤する理央を、自分の部屋から送り出す。休前日のお泊まりとはまた違った、ささやかな二人のイベントだ。それも、今朝が初めての。

その静かな昂ぶりに水をさされたようで、どうにもむしゃくしゃする。

アラームをかけた時間との差は、一時間。たった一時間だけれど、その貴重な時間を奪うのは、どこのどいつだ。

電話に応じる理央の声の調子に、春暁は耳をそばだてた。

緊張感はあるが、せっぱつまった響きではない。誰かを心配しているふうでもない。少なくとも、生きるの死ぬのという騒動が起こったわけではなさそうだ。

ほっとするとともに、先ほど感じた不満が、いっそう大きく膨《ふく》れ上《あ》がった。

理央は、眠気のかけらもない、きりっとした調子で復唱している。

「は。それでは、マルハチフタマルに出頭します」

理央は通話を切ると、ベッドから出て服装を整え始めた。

春暁も身を起こして、隊員時代より長くなった前髪を額から掻《か》き上《あ》げた。

「呼び出し？　隊から？」

不機嫌にならないように自分を抑える。

ものわかりの悪い年下男。理央には、そんなふうに思われたくない。男として度量の広いところを見せたい。自分の欲を押しつけなかったごほうびが、このお泊まりだったのなら、なおさらだ。

「……まあ、そうだな」

理央は口を濁した。春暁はさらに追及《ついきゅう》した。

「誰か病人？　もしかして事故でも」

「そうじゃないが」

なぜか、彼らしくない歯切れの悪い口調だ。

「八時過ぎでいいなら、まだ時間あるだろ？　朝飯、用意するけん」

布団を撥《は》ねのけて起きだそうとする春暁を、理央は制した。

「いや、急ぐんだ。香住《かすみ》の方に行かなくちゃならない。その前に制服を取ってこないと」

それは隣の市の地名だった。そこには、この町のそれより大規模な、西部方面隊の基幹駐屯地がある。とすると、師団レベルでの出頭命令ということか。

そのやりとりの間も、理央の身づくろいは着々と進行していた。つねに最短のルートを通る、鋭角的な動きは、さすがに現役自衛官だ。

着替え終わると、平凡なスーツ姿なのに、背中にぴしっと一本、軸《じく》が通った感じになる。私服でも、皮膚《ひふ》の上に自衛官の制服をまとっているかのような姿勢だった。

ただベッドを抜け出しただけなら、理央はまだ自分のものだと思えるのだけれど。

彼は、みるみる「私」を封じて「公《おおやけ》」の顔になってゆく。それが、なんだか恨めしい。

「理央さん、ちょっと待って」

せめて見送ろうと、下着を探して目をさまよわせた。シャバに出て半年もたつと、すっかり自堕落《じだらく》になって、着ていたものをあたりに脱ぎ散らかしている。

こういう仲になってまで、とは思うが、理央に対してはまだどこか遠慮《えんりょ》がある。敬意と言ってもいい。ベッドを出るためには何か着ないと、という意識が働いてしまう。

理央はベッドの端に片膝をついて身をかがめ、春暁の唇を襲った。重ねるだけの軽いキスだ。離れるときも、音をたてないほどの。

そのひそやかな行為には情がこもっていたが、彼の言葉は、いたってそっけなかった。

「いい子にしてろよ」

ひとことかけて、さっと身を退《ひ》く。まるで、春暁に追いすがられるのを恐れるかのように。それとも、自分の未練を吹っ切ろうとしたのだろうか。

理央は出ていきがけに、テーブルの上のカバンをさらって、静かにドアを閉めた。

遠ざかる靴音に、春暁は耳を澄ませた。足早に、規則正しく、踵《かかと》で床を踏みしめる音。まっすぐに歩いていく理央の姿が、目に見えるようだった。

それが聞こえなくなると、春暁はひとつ吐息《といき》をついた。取り残された侘《わび》しさが、ひしひしと身を包む。

泊まってくれないのも寂しいが、泊まった後で帰られるのも、やはり寂しい。ずっと一緒にいられたらいいのにと、叶わぬ夢をみてしまう。

「……もう一度寝るか」

店は夕方からだ、開店前の仕込みにはまだ早い。

もぞもぞと布団にもぐる。そこにはまだ、理央の匂《にお》いと体温が残っていた。

その残像を抱きしめるように、春暁は枕に顔を押し付けた。

こうして取り残されるのも悪くないかもしれない、とふと思った。一緒に起きださないからこその、この名残《なごり》。

次の逢瀬《おうせ》まで、温《ぬく》もりをとっておきたい。春暁だけが感じる、痺《しび》れるような甘い匂いを、自分の身に染み込ませておきたい……。

春暁は、うっとりと目を閉じた。

——今日も着信なしか。

春暁はエプロンのポケットから携帯を出して眺《なが》め、未練たらしくため息をついて、元に戻した。

出してみなくても、着信があればわかる。営業中はマナーモードにしてあるが、本体は春暁の太腿のあたりに密着していて、振動が伝わるはずなのだ。

たまの着信は、商売がらみばかりだった。酒の納入業者からだったり　地元ミニコミ紙の取材申し込みだったり。かんじんの恋人からは、電話もメールもない。

あの朝、急な呼び出しを受けて出て行って以来、理央からの連絡は途絶えていた。もう一週間になる。

その日のうちに、春暁は、終業時間をみはからって電話をかけた。つながらないまま留守電を入れておいたが、返答はなかった。

当座は、あまり気に留めなかった。早朝に呼び出されて他の駐屯地に行ったのだから、手が離せないこともあるだろう、と。

だが、次の日もまた次の日も、「電波の届かないところにいるか、電源が入っていません」という例のメッセージが流れるだけだった。

メールにも、返信はなかった。

携帯を紛失《ふんしつ》したとか故障したとかなら、機種変更するなり、駐屯地の公衆電話を使うなりして、いくらでも連絡してこれるだろう。

自分も自衛隊の飯を食った人間だから、こういうことがないわけではないと、頭ではわかっている。隊の運用しだいで、連絡のつかない場所にいきなり行かされるなど、それほど珍しくはないのだ。

春暁自身も、東南アジアに派遣《はけん》されていたときは、日本の知人たちの間では「音信不通」とされていた。

携帯は取り上げられはしなかったけれど、使用には制限があった。いちいち申請《しんせい》するのも面倒だから、母には隊の緊急連絡先を告げ、こちらからは電話はかけないと言い置いた。結果として春暁は、三ヵ月の間、日本の誰とも連絡をとらなかったのだ。

あのときの自分には、しじゅう声を聞きたいような相手はいなかった。

だが、今は違う。

海外派遣に応じるとしたら、絶対に理央に相談するし、どこに派遣されていても、許される限りの手段を用いて、理央と繋《つな》がっていようとするだろう。

理央は、そうではないのだろうか。自分と彼の間に、そういう温度差があるとは思いたくないけれど……。

もう一度取り出してみても、頑固に沈黙を守っている携帯に向かって、春暁はぼやいた。

「どこで何をしてるのか知らないけど、メールくらい、くれてもいいじゃないか」

ほとんど、泣き言だ。われながら、えらく弱気になっている。

じつのところ、理央に切られるかもしれないと、考えたことがないではない。

自衛隊を去る日、理央は「同じ職場でなくなるのは寂しい」と言った。それでも、春暁が退職すれば、二人とも外で暮らすようになるから、いつでも会えると喜んでいた。

それが、開店前後のすったもんだで、二ヵ月近くもデートらしいデートはできなかった。

もちろん、店が軌道《きどう》に乗ってからは、昼間のデートも泊まりもできるようになってはいるけれど。

放っておいた間に、もしかしたら理央には、身近に気になる相手ができたのかもしれないと思ったのだ。

だが理央は、そういうとき、切るなら切るとはっきり言うだろうとも思う。何も言わず二股《ふたまた》をかけるなど、彼の性格からしてありえない。

もちろん、そう宣告されたとして、「はっきりさせてくれてよかった」などと、喜べはしないけれども。

連絡がつかないと、どうも悪い想像ばかりしてしまう。

春暁は、なんとかいい材料を探そうと、思いをめぐらせた。

高校のときの初恋は、自分の一方通行ではなかったと、今では知っている。理央も自分を想ってくれていた。同じくらいか、もしかすると、もっと強く。

自分では告白して玉砕《ぎょくさい》したと思っていたけれど、理央は、春暁が逃げだしたことに傷ついていたのだ。

それに理央は、自由のない防衛医科大に進学すれば恋を失うと覚悟していた。言いかえれば、未来のない恋に腰が引けていたということだ。けっして、春暁を見限ったわけじゃない。

再会したときの反発の激しさを見れば、理央の心に、自分はそれだけ深い痕跡《こんせき》を残していたはずだ。

そんな相手と、十年の歳月ののちに、奇跡のような巡《めぐ》りあいを果たして、もう一度、互いを心とからだで捉《とら》えることができて……。

やっと両思いになれたのに一年で見切られるなんてことは、ありえないだろう。

それでも不安になるのは、理央にも自分にも、それなりに過去があるからだ。

自分は理央に出会って、男も好きになる人間と知ったが、遊びでなら女も抱けた。男を抱いたのは、理央が初めてだ。

理央の方はどうなのだろう、と以前から気になっていた。

——最初から、慣れたふうだったな。

それどころか、上に乗って指図してきた。

少なくとも、男経験は春暁よりはあっただろう。男社会の自衛隊で、その前はやはり男の多い防衛医大だ。

もっと優秀な男たちを知っていれば、春暁は比べて見劣《みおと》りしたりしないだろうか……。

捨てられた女みたいな、うじうじ思考に陥《おちい》っている自分がつくづく情けない。

そんなものは、理央の声を聞けば、きっと吹き飛ぶ。たとえ、電文のようなそっけないメールの文字列でも、自分はそこに理央の心を感じられる。

なのに、その一文字さえも届かないのだ。

そして自分の気持ちも、理央に届いているのかいないのかわからないのが、また辛かった。

理央と連絡がとれなくなって十日。ついに耐え切れなくなって、春暁は動いた。

営業日ではあったけれど、朝のうちに古巣の駐屯地を訪れてみたのだ。といっても、今となっては部外者だから、うかうかと立ち入ることはできない。

正門を、道のこちら側からうかがう。

門の前では、警務科の隊員が直立不動で警戒にあたっていた。GIジョー人形のような狙った無表情に、なんともいえない威圧感がある。

ヘルメットの下の目はまっすぐ前を見ているが、その意識は全方位に向いているはずだ。怪しい動きは見逃《みのが》さないに違いない。

去年までは、自分もあの中にいて、彼らの背中に守られていた。今は正面から睨《にら》みつけられている。

ここはもう、自分のホームグラウンドではない。恋しい人のいる場所だけれど、自分がいていい場所ではなくなったのだと思った。

正門を避け、塀《へい》の周りをぐるりと一周してみる。

途中、鉄条網になっているところから、内部の様子が見えた。非番なのか、ジャージに迷彩という格好の隊員が、のんびりと自転車を漕《こ》いでいく。

反対側からは、真新しい作業着姿の一団が、号令に従って走ってくる。夏期入隊組の基礎訓練というところか。

駐屯地では、いつもどおりの日常が流れている様子だ。

小隊ひとつでも不在なら、内部の緊張感は高まるものだ。それがまったくの平常運転ときている。

理央を含めた駐屯地の隊員たちが、どこかへ派遣されていると思ったのは、考えすぎか。

——思い切って、入ってみようか。

警務の隊員に呼び止められるだろうし、受付でもいろいろ訊《き》かれるだろうが、まだ営内に春暁の知り合いは大勢いる。小隊長あたりの名を出せば、取り次いでくれるだろう。店に来てくれた礼を述べ、ついでに浅倉《あさくら》医官にも挨拶《あいさつ》をと言えば、会えるはず。

だが、門の方へと踏み出しかけた足は、ぴたりと止まった。

——呼ばれもしないのに、押しかけていってどうする。

メールも電話もしないのが理央の意思だとしたら、うざったく思われるかもしれない。

春暁はきびすを返した。背中に、門衛のあからさまに不審そうな視線を感じながら。

そして、いつもの日課に戻った。いつものように、店をやっていくしかないと思った。

その夜も、店は賑《にぎ》わった。

春暁はカウンターに立ちっぱなしで、次々と入るオーダーをさばいた。気安く声をかけてくる常連客に笑顔で応えながらも、料理を作る手が止まることはない。

それでも理央のことは、低いＢＧＭのように、いつも頭の中に滞留していた。

開店と同時に入店した客が数名出ていき、満席のテーブルに空《あ》きができたころ、入れ替わりに見覚えのある顔が入ってきた。衛生科の隊員だ。たしか、理央が連れてきたことがある。もう一人も、顔は知らないが仲間だろう。

二人は奥まったテーブル席についた。アルバイトの女の子が、さっそく注文をとりに行く。

春暁は理央のことを探るチャンスとばかり、注文のほかにもう一皿、手早く調理して盛り付ける。

アルバイトには、目で「俺が行く」と合図して、大きめのトレイに注文品＋αを載せた。

「いらっしゃい。こちら、久しぶりですね」

サービスです、と小声で耳打ちして、注文外の小皿をテーブルに置く。

「あ、どうも」

相手は相好《そうごう》を崩した。

「これ、うまいんだよ」

新顔に向かって、自分で作ったような得意顔で勧める。

四人掛けのボックス席の壁側に二人が座っているのをいいことに、春暁は空《あ》いている椅子に腰を半分浮かせて浅くかけた。

「今日は、浅倉医官は？　一緒じゃないんですか」

「はあ……」

はっきりしない返事で流すのへ、春暁は親しい間柄《あいだがら》を匂わせてみた。

「お元気？　毎週のように来てくれてたんで、どうしたのかと」

「お元気だと思いますよ」

思います、という言葉に、春暁は食いついた。

「って、今、いないってこと？」

相手は、はっとした様子で口をつぐんだ。連れが、肘《ひじ》でわき腹を小突く。

「おい」

素早い目配せが、二人の間で交わされるのがわかった。

「まあ……ちょっと、出張っていうか」

理央がいなくなった日のやりとりを思い出し、カマをかけてみる。

「香住駐屯地ですか？」

「だったかな」

そのまま、ぴしゃっとシャッターが下りるように、二人は壁になった。もう、押しても引いても、何も引き出せそうもない。

「そうなんですか。お帰りになったら、よろしくお伝えください」

春暁は愛想よく言って、席を立った。

もちろん、納得なんかしていない。

ただの出張なら、元隊員で理央とも親しい自分にまで、隠すことはないだろう。まして近隣の香住にいて、連絡のつかないはずはない。

部外秘で、理央だけ、もしくはごく少人数が、別の場所に移動している、ということか？　香住駐屯地に呼び出されて、そこからさらに、どこか秘密の場所へ。

――特殊な演習ってことはないか？　それも非公開の。

自衛隊の演習には、公開と非公開の別がある。一般公開される演習で有名なのは、富士山の麓《ふもと》で毎年行われる総火演だ。観艦式なども、その分類に入るだろう。

非公開の演習については、内容によっては、期日や場所も機密に属するものになる。民間人に明かすことはできず、現地からの連絡もいっさい許されない。携帯も、個人では使用を禁じられる可能性が高い。

じっさい、入隊二年目のころ、春暁の中隊からも一小隊が消えたことがあった。彼らは二週間後に戻ってきたが、何の説明もなく、日常の課業に復帰したものだ。

そう思い当たると、半分ほっとし、半分はいっそう不安になる。

ほっとしたのは、この連絡途絶が、理央の意思ではないと思えるからだ。自分は飽《あ》きられたのでも捨てられたのでもない。そう信じられる。

湧き起こった不安は、自分のことではなく、理央の身を案じるものだった。

春暁は、ゴミ出しに裏口から出たとき、ふと夜空を見上げた。空気が澄んでいて、夏のさかりとは星座のすがたも変わっている。

理央は、どこでこの星空を見ているのだろうか。

——大丈夫かな。

夜気がひやりと心地よい。この時期に、熱中症だの食あたりだのの危険は少ないだろう。理央の体調もいいはずだ。

それは、抱いた手ごたえでわかる。最後に抱いたあの日、理央の肌はしっとりと潤《うるお》いを帯びて、どこまでもしなやかに……。

春暁は慌てて妄念《もうねん》を振り払った。

——そんな場合かよ。

理央の体調に問題がなくても、事故ということもある。実弾射撃訓練にしても、自分はコブ一つで済んだが、本物の火器を使う以上、暴発や被弾の危険はゼロではない。「演習」だから何事も起こらない、などという保証はないのだ。

それに自分は、繊細《せんさい》な外見に似合わぬ理央の果敢《かかん》さを知っている。

危険なほど増水した川を徒歩で渡り、人命救助に赴《おもむ》くことを、彼は少しもためらわなかった。救助のヘリが間に合わなければ、わが身を挺《てい》して要救助者を守る覚悟だった。

なんらかのトラブルに遭《あ》ったとき、理央は自分の生命を第一に考える人ではないのだ。

あのとき理央は、「俺の前で死なないでくれ」と言った。もっと小難しい言い回しだったようだが、要するにそういうことだと春暁は受け止めた。そしてそれを、自分への想いの深さだと感じ入った。

反対に、彼にもし何かあったら。

そのとき自分は、何も知らずにいるだろう。理央の身内ではなく、同僚でもないのだから。

青梅ドレッシングを取り次いでくれた衛生科隊員や、小隊長のような、二人の親交を知る者が教えてくれるかもしれないが、春暁の優先順位は低い。

ある日、すべてが終わってから、春暁のもとに訃報《ふほう》だけが伝えられる——。

心臓に剣の切っ先を当てられでもしたように、ぞわっと総毛《そうけ》だった。春暁は思わず、口に手を当てて呻《うめ》きが漏れるのをこらえた。

自衛官の恋人を持つ。しかも秘密に。

それはこういうことなのだ。

現に今、自分は恋しい人の所在を知らない。

本当に理央は、「大丈夫」なのか。今この瞬間に、自分の手の中から失われてはいないか。

自分の感知できないところで　理央が危ない目にあってはいないかと思うのは、きつい。だからといって、一民間人の自分にできることなど、何もない……。

——そうか？　何かあるだろ、一つくらい。

あった。

離れている相手にしてあげられること。大切な相手が、守ってやることもできない場所にいるときに、昔の人が思いをこめてしていたこと。

店内に戻った春暁は、客の注文が途切れた隙に、誰からも注文を受けていない料理を作った。理央が気に入ってくれたメニューを何品も、少しずつ。それをワンプレートに盛り付けると、ままごとの御膳《おぜん》のようだった。

春暁はそのプレートを、カウンターの内側、ちょうどいつも理央が座る席のあたりに置いた。客の目に触れるところには出せない。

訊かれたら困るとかではなく、自分だけの心の願いだからだ。昔の人は、それを「陰膳」と呼んだ。

——理央さん、どうぞ。

心の中で、そう言葉を添える。

理央は今、どんなものを食べているのか。ちゃんと食事がとれているのか。秋とはいえ、日中はまだ暑い日もある。喉の渇《かわ》きに苦しんではいないだろうか。

ちょっと考えて、グラスにワインを注ぐ。理央の好きなロゼのスパークリング。透き通った薔薇色《ばらいろ》の中を、小さな白い気泡が駆け上っていくのを、春暁は祈りをこめて見つめた。

もう一杯注ぎ、飲む者のいないグラスに、そっと自分のグラスを打ち付ける。かちんという小さな音は、店内のざわめきに紛《まぎ》れて、誰に聞かれることもなかった。

まもなく午前十二時、シンデレラの時間。バル・プリマヴェーラは看板だ。アルバイトの女の子は、午後十一時で帰らせてある。

春暁《はるあき》は、店内を片付け、ドアの表に「準備中」の札をかけた。

「おっと」

携帯のマナーモードを解除しようとポケットから取り出したとき、そこにメールが入っているのに気づいた。

「理央《りお》」の文字に、目が釘付《くぎづ》けになる。一瞬にして、あたりの景色が消えた。ただその二文字だけが、光を放っているかのようだ。

慌てて開けてみると、二週間ぶりの理央からの「たより」は、わずか五文字だった。

『今から行く』

「行っていいか」ではないところが、いかにも理央らしい。

その「らしさ」が、春暁の渇望に火をつける。

「うおおおおっ」

春暁は、思わず雄《お》たけびを上げた。アドレナリンが一気に放出される。全身が震えるほどの激しさで、こちらに向かっているはずの理央の姿を心に促えていた。

会いたい。会いたくて会いたくて、いても立ってもいられない。

抱《かか》えていた不安のぶんだけ、心はいっそう昂ぶってくる。

理央と連絡がつかないことが、これほど辛《つら》いとは思わなかった。考えてみれば、高校以来十年も音信不通だったのに、わずかこの二週間で、自分は地獄《じごく》を見たような気がする……。

――待てよ。「今から」って、これ、いつ。

確かめてみると、発信されたのは、もう一時間以上前だった。何度目かの陰膳《かげぜん》作りにいそしんでいて、気づかなかったものか。

感慨《かんがい》にふけっている場合じゃない。

理央がどこから帰ってくるのかわからない。どこまで来ているのかもわからない。彼を、ちょっとでも待たせたくない。

春暁は慌てて帰り支度《じたく》を済ませ、車に飛び乗って自分の部屋に向かった。

コーポの駐車場に車を入れ、エンジンを切る。

停めた車の中で、理央に電話をかけようとしたとき、敷地内にタクシーが入ってくるのが見えた。見慣れない水色の車体に、丸い天井灯。どうも地元のタクシー会社ではないようだ。いったいどこから飛ばしてきたのか。

車から降り立った理央は、なんと迷彩服姿だった。鉄帽《てつぼう》こそかぶっていないものの、ベルトに半長靴《はんちょうか》で、背嚢《はいのう》まで背負っている。

外灯の青白い光のせいもあるかもしれないが、少し痩《や》せて、面《おも》やつれして見えた。

タクシーが走り去るのを待たず、春暁は理央に駆け寄った。

「理央さん、いったいどこから……！」

「メールは、高速に乗ったとき送ったんだが」

理央はわざとなのか天然なのか、はずした答えをよこした。

「そうじゃなくて。今までどこに」

苛立《いらだ》って噛み付いてしまう。

春暁の推測が当たっているとしたら、答えは返らないだろう。そうと知っていても、この二週間の焦燥が、春暁を頑なにしていた。

理央は澄まして、人差し指を自分の唇に当てた。

「ひ・み・つ」

春暁は毒気を抜かれて黙った。理央が、こんなお茶目をしようとは。

だが理央の目は笑っていない。からかっているのではなく、ことの重さを和らげようとしているのだとわかる。

もう、それ以上は突っ込めなくなった。

理央は疲れの滲《にじ》んだ顔に、晴れやかな笑みを浮かべた。

「香住駐屯地《かすみちゅうとんち》で解散して、そのまま来たんだ。上がっていいか」

さっきは——というかいつもは、高飛車に「これから行くぞ」「おまえの部屋に連れていけ」の人が、春暁に許可を求めている。

そこにある種の甘えを感じて、胸を揺さぶられた。

「——どうぞ」

低く答えて、春暁は先に立った。

春暁の部屋は、二階建ての二階だ。深夜のこととて、二人とも足音をしのばせて外階段を上がった。

鍵《かぎ》をあけてドアを大きく開き、理央を先に通す。

理央は玄関でかがみ込み、半長靴を脱いだ。隅にきちっと揃《そろ》えて置く。その無骨な靴が、理央の白い甲高《こうだか》な足を包んでいたかと思うと、妙に胸がざわめくようだった。

何度も来ている部屋のことだ、理央はわがもの顔で奥へと通る。

背嚢をダイニングテーブルの足元に置き、ついてくる春暁に顔を振り向けて、

「風呂に、湯を張ってくれないか」

それには応えず、春暁は一気に間合いを詰めた。

「待て……!」

押し戻そうとする腕をかいくぐり、迷彩に包まれた細身のからだを抱きしめる。

鼻先を掠《かす》めたのは、硝煙《しょうえん》の臭《にお》い。小銃のそれより、鮮烈で深い。さらにエタノールと消毒液の匂《にお》い、そして、色濃い緑と海の香りを感じた。

具体的な地名はわからなくても、理央がどういう場所にいたのかは、それでわかった気がした。

おそらく、南の離島。そこで何を想定してどんな訓練をしたのか、どんな連中と一緒だったのか。理央は、きっと民間人となった自分には何も話してはくれないだろう。

それでいい。無事に自分のもとに帰ってきてくれさえすれば、それだけで。

飢《う》えた犬のように、春暁は理央の日に焼けた首すじに舌を這《は》わせた。わずかに塩辛《しおから》い。

「待てって！」

腕の中からもう一度命じられて、春暁は思わず力を緩《ゆる》めた。

理央は春暁の胸を押し返し、ため息をついた。

「現地には、仮設シャワーしかなかったんだ。汗だけはざっと流してきたけど、すみずみまで綺麗にできるもんじゃない。とにかく、まず風呂を貸せ」

陸自は移動入浴施設を持っている。それを使わなかったということは、今回は、快適さを度外視した演習だったと見える。

黙って出発していったことといい、戻ってもなお詳細《しょうさい》を明かさないことといい、よほど重要な極秘任務だったに違いない。

理央はいろいろな意味で、自分の知らない世界に踏み入ったのだと思うと、不安まじりの、かすかな苛立ちさえ感じてしまう。

春暁はもう一度、理央を腕に抱きすくめた。

「そんなもの、俺が舐《な》め取《と》ってやるよ」

「はあ⁉」

裏返った声に、萎《な》えるよりそそのかされる。

胸のうちに膨れ上がった思いは、ひとつ。今夜は、今夜こそは、この人に主導権をとらせない。自分のやり方で、この人を愛するために。

「俺がどんだけ待っとったか、わかっとんの」

かきくどきながら、相手の衣服を剝《は》がしにかかる。

脱がせ方はわかっている。自分もつい半年前まで着ていたものだ。

ベルトを片手で強く引いて緩めると、バックルがかちんと開く。ざっくりした生地のベルトは、足元にばさっと落ちた。

上着の襟《えり》をつかんで、ファスナーを一気に引き下ろす。

理央は焦って、身をもがいた。

「ちょ、こら、やめ」

春暁の手を押さえようとする。そうはさせまいと、春暁も抗《あらが》う。二人の間で、四本の手がつかみ合いを始めた。

「遊佐《ゆさ》！」

ぴしっと叩くような声。その後ろに「士長」と聞こえたような気がした。空耳だったに違いない。それでも春暁は、かっと取りのぼせた。

つかまれたままの手で、強引に相手の顎《あご》を捉《とら》える。

「あんたはもう、俺の上官やない。命令は聞かない。一度くらい、俺の言うこときいてくれよ！」

理央は、その気迫に呑《の》まれたように、竦《すく》み上《あ》がった。怯《おび》えの色が瞳に浮かぶ。

春暁は、相手の抵抗が止《や》んだのをいいことに、衣服を剝がしながら、もうベッドに移動を開始していた。

理央はベッドに縫《ぬ》いとめられた時点で、半裸になっていた。迷彩の上着は寝室の入り口に落ち、ズボンの方は、膝のあたりでくしゃくしゃになっている。

暴行を受けた捕虜《ほりょ》のような姿に、春暁は、いっそう昂《たか》ぶった。自分のシャツやパンツを引きちぎる勢いで、全裸になる。

息を荒らげてのしかかるのを、理央は下から、光る目で見上げてきた。

「言うことを聞けって、何だ。何する気だ、おまえ」

その声は、かすかに震えていた。

春暁は愕然《がくぜん》とした。

――俺、理央を怖がらせちゃったのか⁉

ふいに理央が、いたいけな生き物のように見えた。年上の敬愛する先輩でも、畏怖《いふ》すべき上官でもなく、春暁の手に摘み取られた、はかない花。

信じられない思いで、目を瞠《みは》る。

その凝視《ぎょうし》さえ痛いというように、理央は顔をそむけて目を閉じた。まるで、こっちがレイプ犯か悪代官みたいだ。

「そんなん、ずりぃよ。俺のことはいつも、ビシビシ責めたてるくせに……」

春暁がおろおろしているのに気づいたのか、理央は目を開き、不思議そうに言った。

「……そんなに、俺に腹を立ててたのか」

拗《す》ねたような、甘えたような、子どもっぽい表情。この人のこんなところは初めて見る。

もう何ヵ月もつきあっているのに、自分はまだ理央をすべて知ったわけではないのだと思った。そしてきっと、理央もまた、自分を知らない。

「違う。腹を立てたとかじゃなくて。俺はただ」

口に出したらすごく嘘っぽい。恥ずかしい。それでも、言わないと伝わらないだろう。

ずっと願っていた。自分らしく理央を愛すること。花のように、珠《たま》のように、いとおしむこと。

理央が望まないならと、その思いを抑えてきたけれど、もう無理だ。今度のことで吹っ切れた。お互いの身にいつ何があっても、悔いの残るような愛し方はしたくない。

「俺は、優しくしたいだけだ。ていねいに、やわらこう、そうっと、とにかくあんたを大事にしたい。宝物みたく、むちゃくちゃ可愛《かわい》がりたい。あんたはいたぶられたいんかもしれんけど、俺はそんなことはしとうない。俺の一番大切な人やけ、そういう扱いをしたいんや！」

理央は黙りこくっている。笑いだすか、怒りだすか。春暁の真情を、わかってくれただろうか。

春暁にとって、永遠とも思えるほどの時間ののちに、

「……おまえの好きにしろ」

腕がぱたっとシーツに落ちて、理央は、指揮権を手放した。

「や……もう、やだって……ゆさ、あ……」

嬌声《きょうせい》は、さっきから泣き声になっている。

いじめているから、ではない。優しくしているから、だ。しすぎている、とも言う。

春暁は、理央が何を言おうと、爪も歯も立てない。それがもどかしくて、じれったくて、理央は理性の飛ぶ寸前まで追い詰められているのだ。

「頼む、噛んで、きつく噛んで……」

息も絶え絶えに訴える。

命令形など、どこかに消し飛んでしまったようだ。

「だめ」

春暁はきっぱり断じて、再び理央の乳首《ちくび》をくわえた。かぽっと音がするほど広い範囲を口内に吸い上げ、舌を絡めるようにしてこね回す。

「ん、んーっ」

痛くないはずなのに、理央は苦悶《くもん》にも似た表情を浮かべ、身悶《みもだ》える。

しがみつく手の、爪が背中に食い込んでチリチリと痛い。その痛みが紙一重で快感に変わるのが、少しはわかる気がする。

でも、今夜は絶対、理央を傷つけない。

理央のからだは、びくびくと痙攣《けいれん》して絡みついてくる。さすがに不安になって、春暁は身を起こした。

「もうもたんと?」

しゃくり上げるように、理央は応《こた》えた。

「だって…優しくするって…言ったじゃないかあ……」

「してるでしょ」

理央は激しく首を振った。枕の上に、自衛官としては長めの黒髪が乱れた。

「優しく、ないっ……い、いかせてくれ、なきゃ」

春暁はしばし考えて、指を一本立てた。

「じゃあ、ちょっとだけ」

涙ぐんだ目がすがりつくように見上げてくる。ぞくぞくする。こんなふうに理央に見られると、男の自信というやつが漲《みなぎ》ってくるようだ。

「目をつぶって」

相手は素直に目を閉じた。瞼《まぶた》がひくひく震えて、長い睫毛《まつげ》が小刻みに揺れている。

「一瞬やけな?」

期待と緊張で、理央のからだに力が入るのがわかる。

春暁は胸の上で顔を止め、何度か鼻息を当てておいて、ちゅ、と極上にやわらかなキスを、腫れ上がった乳首の先に落とした。

「ああっ……」

理央のからだが、びくんと跳ねる。青臭《あおくさ》い匂いが広がって、砂と海と硝煙の匂いをかき消してしまいそうだ。

はあはあと荒い息が静まると、理央は押し殺した声で春暁を詰《なじ》った。

「この、うそつき……っ」

怨《えん》じるような目が、凄絶《せいぜつ》に艶《いろ》っぽい。

「一回いって楽になったっしょ?」

「嚙んでって、言ったのに……」

「こっちばっかり吸ってたら、左右の大きさ、違っちゃうんじゃないかな。こっちも」

わざと、嚙み合わない会話で舌鋒《ぜっぽう》を逸《そ》らす。

放置されていた方の乳首に顔を近づけると、

「いやだ、もう、やめてくれ」

理央は胸を両手で押さえて、身をくねらせる。そのしぐさも、人魚姫か何かのようだ。自分がどれだけ扇情的に見えているか、わからないのだろうか。

ひょっとすると理央は、男経験があるといっても、これほど乱れたことはないのかもしれない。

ならばもっともっと乱れさせたい。そのからだに嗜虐《しぎゃく》を加えることなく、どこまでも淫《みだ》らに。

「じゃあ、胸はもう弄《いじ》らない」

ほっと肩から力が抜けるのがわかった。

「背中が見たい。尻も」

ぼうっとした目に、理解の色が浮かんだ。理央はだるそうに、姿勢を変えようとする。

よつんばいにさせるつもりだったが、苦しい体勢になりそうだと思った。尻を上げるには、頭を下げないといけないだろう。

横向きに寝かせて、膝を抱《かか》えさせた。突き出された尻の曲線が美しい。

指に力を入れず、手のひらでゆっくりと円を描くようにさする。滑《なめ》らかな手ざわりが心地よい。いつまでも撫《な》でていたくなる。

理央はもぞもぞと腰をゆらめかせた。

「ここに欲しい?」

「……うん」

ずいぶん素直になっている。

潤滑剤《じゅんかつざい》はすぐ見つかったが、いつもなら、理央が自分でほぐすので、どのくらい使ったらいいかわからない。

多い方が楽だろうと、指二本にたっぷり掬《すく》って、突き出した尻のあわいに持っていく。

「……っ」

指が当たると、窄《すぼ》まりはびくりと内へ引っ込む。だが、潤滑剤の効果か、濡れた指はすんなりと奥へ吸い込まれた。指を動かすと、中でぐちゅっと淫靡《いんび》な音がする。

今夜ここに触れるのは、今が初めてなのに、胸やそのほかへの刺激からか、もう中はとろとろになっていた。奥に進めば、潤滑剤も要《い》らないくらいだ。

「これ、もういけるんじゃ」

ずるりと指を抜くと、理央はそれまで聞いたこともない、色っぽい鼻声を漏らした。

「ふ……ううっん」

——やっべ。

少し出た。全部理央の中にと思ったのに、もったいない気がする。

先端に粘《ねば》つく春暁のそれを、指に絡めて、理央の小ぶりの袋に擦《こす》りつけ、やわやわともみしだく。手の中で、小さな球体がコリコリと動くさまが、なんとも愛らしい。本物のサド野郎だったら、ぎゅっと握り込みたくなるのではないか。

ぞくっとした。自分の中に変なものが生まれそうだ。

春暁は、袋から手を放し、理央のものに手を伸ばした。さっき一回出させたのに、また硬くなっている。

自分も、もうがちがちだ。

理央のいいところは、ずっと奥だ。指ではどっちみち届かない。

肩を抱いて、からだをこちらに向けさせる。

反射的に起き上がろうとする理央を、春暁は押し戻した。

「今日は、あんたが下」

そして、こう言い渡す。

「自分で動いたらいけん。全部俺がやるけ」

すらりとした足を抱え上げ、左右に開く。身をかがめ、太腿《ふともも》の内側に舌を這《は》わせた。いつも下から見上げながら、青みを帯びたその部分を味わってみたいと思っていたのだ。

「ふっ……や、あ…っ」

舐めていない方の腿まで、ひくひくと震えて、足先が揺れている。

「これも、いいんだ?」

「よくない……抓《つね》って……」

まだ言うか、とあきれながら、春暁はひときわ柔らかいその肌を賞味した。そのまま、舌を竿《さお》へと伸ばす。

と、理央が猛烈にあがきだした。

「口じゃ、いやなん?」

「……後ろで、いきたい……もう…っ」

すすり泣くような声で言う。その頭を撫でてやり、

「わかった」

左右に開いていた足を、縦方向に折り曲げる。

潤滑剤をまとって息づく濡れた窄まりに、自分の先端を当てて、くちゅくちゅ擦ってやると、理央は涙目でねだってくる。

「あ……はやく……っ」

応えて、先端をぬぷっと埋《うず》める。

襞が押し込まれ、みるみる充血してくるのが、この体勢だとよく見える。

その淫靡な眺めに、春暁は、余裕を失った。

ゆっくり進めようと思っていたのに、抑えようとしても、腰の動きが止まらない。

理央は春暁の首に腕を回し、のけぞった。

「ん……っ…もっと奥に、来い……」

「来い？」

意地悪く問い返す。

理央は辛そうに眉を引《ひ》き絞《しぼ》り、言い直した。

「来て……」

応える前に、ぐいっと首を引き寄せられ、唇を奪われた。理央はどうしても、受け身に徹《てっ》することができないらしい。

「ん……ん……っ」

激しく舌を絡められて、理性が飛んだ。

春暁は、最奥《さいおう》へと分け入るために、ことさら強く腰を打ちつけた。そうしないと、理央のいちばん感じるところに届かない。春暁にまたがって、腰を揺すりたてているときより、よくしてやることができない。

痛くしないとか、傷つけないということよりも、理央と一緒に、どこまでも上《のぼ》り詰《つ》めたくなっていた。

春暁は、理央の片膝をぐっと押さえ、胸に押し付けた。同時にえぐるように腰を入れる。

「ひ、ああっ……！」

届いた。理央の裸身が桜色に染まる。そらした喉が汗に光る。

いったん到達した点に、何度も叩きつけるように、春暁は力強いストロークを繰り返す。

理央の内壁は、そんな春暁の分身に、絡みつき、受け止め、締め付ける。

「……っ…」

やがて大きく見開かれた理央の目尻の涙が、ふちを越えてぽろりと零《こぼ》れた。同時に前が弾《はじ》けたらしい。

春暁は腹が生ぬるく濡れるのを感じながら、弛緩《しかん》してゆく理央の中に、自らを解放した……。

どのくらい、二人して放心していただろう。

春暁は、重ったるいからだを起こして、理央をのぞき込んだ。

「理央さん……理央さん」

気を失ったように目がうつろな理央を、春暁はそっと揺さぶる。

眠らないで。伝えたいことがある。今、聞いてほしい。

よく無事で帰ってきてくれた。

家にも駐屯地にも寄らず、まっすぐに俺をめざして戻ってきてくれた。

そのことがどんなに嬉しく、誇《ほこ》らしかったか。

心配させないで、とは言わない。

いっぱい心配して気をもんで、それでもそばにいさせてほしい。

これからも、ずっと。

歯がゆいほど、なかなか息が整わない。言葉は途切れ途切れになって、語る端から意味をなくしていくようだった。

あとは、熱っぽい声で哀願《あいがん》するように繰り返すしかなかった。

「理央、好きだ……ほんとに、好き」

理央の目が瞬《しばた》いて、春暁をしっかりと捉《とら》えるのがわかった。

「俺もだ、はるあき」

なぜか理央は、くふっと笑った。くすぐったそうに首をすくめる。

そして真顔になると、今夜最後の命令を下した。

「朝までずっと、抱いててくれ」

「……了解」

これほどありがたい命令もない、と春暁は思った。

のろのろと、理央が身を起こす気配がした。もう陽は高いらしい。カーテンの隙間から差す光が、理央の裸身をくっきりと縁取《ふちど》っている。

「どこ行くん?」

「どこって……水を」

ベッドから上げかけた腰が、すとんと落ちる。力が入らなくなっているようだ。

「待って。俺が」

春暁はすばやく下り立ち、冷蔵庫からスポーツ飲料のボトルをとってきた。理央の前では全裸でベッドから出られない、などという心の縛りはもうない。

「……ありがと」

よほど渇《かわ》いていたのか、理央は喉をそらして一気飲みした。飲み干して、大きく肩を上下させる。

春暁の目は、滑らかな左肩の、わきへと続く部分に吸い寄せられた。陰になってわかりにくいが、痣《あざ》がひとつある。淡紅色で、ピンポン球くらいの大きさだ。

昨夜は無我夢中で、理央のからだを隅から隅まであらためたわけではないけれど、少なくとも「演習」に出ていくまで、理央のきめ細かな肌に、そんなものはなかった。

——まさか、俺がやっちゃったか?

思うさま優しくしたつもりだが、途中からは興奮しまくって、かなり強引だった自覚はある。

春暁は、おそるおそる尋ねた。

「これ、どうしたんだ」

理央は頭をめぐらせて、自分の肩口に目をやった。ああ、と声を上げ、そこを指でなぞるように触れる。

「新しい器具の操作に慣れなくて。跳ね返ったレバーに叩かれたんだ。けっこう痛かったよ。鎖骨《さこつ》のとこだったら、折れてたかも」

そう言われてみると、できてから時間がたっているのか、痣のふちがうっすら黄色くなっている。治りかけの証拠だ。

だが、痣に触れている手首のやや上にも、また痣がある。そちらはまだ赤味が強い。なんだか指の痕《あと》のようだ。

「こっちは?」

何気なく聞いたのに、理央は口ごもり、目を泳がせた。

「これは、その……そうだ、溺《おぼ》れる者藁《わら》をもつかむ、というだろう」

――救難訓練でもあったのかな。

崖《がけ》をすべるかした仲間に、手を貸したとか。

それにしては、理央の反応は解《げ》せない。なぜか顔を赤らめて、その痣を反対の手で覆《おお》う。妙にどぎまぎして、落ち着かない様子だ。

けげんに思いながら、春暁はその手をとった。そっと、しかし強引に、痣を覆う手を引き剝がす。

濃い三つの赤痣は、傷ではないけれど、痛々しい。

春暁は、指の腹でゆっくりと痣を擦った。圧力を受けて赤味が散り、もともとの白い肌が、一瞬よみがえる。だが圧を取り去ると、また色が戻ってしまう。

春暁は、うつむいて何度も鬱血《うっけつ》を散らしながら、訴えた。

「理央。頼むから、人のことより自分を大事にしてくれよ。あんたは藁なんかやないんやけね、と顔を上げる。

目が合うと、理央は手を振り払い、顎《あご》をそらした。

「もういい。これはおまえのコブと違って、『名誉の負傷』だ」

春暁が頭にコブを作ったのは、去年の実弾射撃演習のときだ。落ちてきた的が、頭のてっぺんを直撃した。たしかにあれは、名誉どころか、間抜けなケガだった。だが。

春暁は、ぐっと唇を嚙みしめた。

あのとき、理央がどれだけ心配したか、自分は知っている。白衣の裾《すそ》をはためかせ、息を乱して駆けてきた理央の顔は、真っ青だった。春暁が撃たれたものと思い込んで、生きた心地がしなかったのだろう。

そんな思いをした理央が、自分の心痛をちゃかすのか。思わず語気が荒くなる。

「冗談でも、名誉やなんち……！」

理央は、はっと顔色を変えた。

「……悪かった。心配をかけたんだったな」

春暁は感情的になったのを取り繕《とつくろ》おうと、ふざけ半分で言った。

「そりゃ、心配したさ。メールも電話も繋《つな》がらないんじゃ、誰だって、捨てられたのかと思うよ」

――違う。こんなことを言いたいんじゃない。理央を困らせるのはわかってるけど、でも。

春暁はじっとうつむいた。頭の中には、さまざまな映像が渦巻《うずま》いていた。

銃剣道の大会で、肩をはずしてしゃがみこむ同僚。暴れ竜のようにのたうつ、泥《どろ》の川。放課後の校庭でベンチに横たわる理央の、青白い顔……。

ようやく顔を上げ、言葉を搾《しぼ》り出《だ》した。

「自分の管轄《かんかつ》下で死ぬなと、あんたは言うけど」

腰を覆った肌掛けを、腿のあたりでぎゅっと握り締める。

「俺は……俺の知らないところであんたが、と思うと、たまらない。死ぬなら俺のそばで、って思った」

理央は黙っている。「バカ」が出ないことを、春暁はいぶかしんだ。

こちらが不安になるほど、長い沈黙の後で、理央は抑揚《よくよう》のない声を返してきた。

「だからといって、どうにもならないことだろう」

ずきん、と胸をえぐられる。

どうにもならないことぐらい、わかっている。それでも辛い。辛くてしかたがない。

「無理なことを言ってるって、自分でも思うよ。これからだって、理央さんには、こういうことはあるだろうし。俺はやきもきするだけで、何もできないんだよな」

自嘲《じちょう》の笑いに紛《まぎ》らそうとして、声が震えた。ものわかりの悪い男だと、愛想をつかされないだろうか。

少し考える様子を見せて、理央は言い出した。

「俺は、今の駐屯地に二年目だ」

そのことの意味を、任期制隊員だった春暁も、知らないではない。

幹部自衛官は、数年で異動させられることが多い。三年は普通、早ければ二年で動く。春暁のいた間に、駐屯地司令は二回代わった。偉《えら》くなればなるほど、頻繁《ひんぱん》に動かされるものらしい。

医官は一般の幹部とは立場が少々違うけれども、ひとつところに留まれない定めは同じだ。

再研修というシステムがあって、数年おきに所属部署から離れ、自衛隊病院などで勉強し直すことになる。そして、研修後に希望の部署に配属されるという保証はないのだった。

来年にも、理央は今の駐屯地から出ていくかもしれない。香住の自衛隊病院くらいなら、休みの日には会えるだろう。だがその後は？

喉の奥につかえたいがらっぽいものを、春暁は、空咳《からせき》とともに吐き出した。

ようやく発した声は、陰鬱なものだった。

「転属……あるよな……」

「ああ、もちろん」

理央の即答が胸に突き刺さる。

理央はいつだって、覚悟ができているのかもしれないけれど、自分はそうではない。大義のために我欲を捨てることなんか、できそうもない。

ずっとそばにいたいと願っても、叶《かな》わないことは知っている。だが自分は、そんなにも高望みをしているのか？　ただ、好きな人と離れたくないだけなのに。

「俺、理央には、どこにも行かんといてほしい」

ぽろっと本音が出た。

できないことを願うのは、理央を苦しめることになる。

春暁は、慌てて打ち消した。

「悪い。聞かんかったことにして。せっかく出会えた場所を捨てて飛び出した、俺に言えることじゃないよな」

駄々っ子みたいな言い分が恥ずかしくて、春暁は再びうつむいた。

そこへ、予想外の言葉が降ってきた。

「おまえは辞めてよかったんだよ」

びっくりして顔を上げる。

それはもちろん、理央は「自分の管理下にある者とは関係しない」と言っていたけれど。二人がそういうつきあいを続けるには、どちらかが駐屯地を出るしかなかったのだけれど。

今の文脈は、そういう感じではなかった。

春暁は、探るように理央の顔を見つめた。意地悪な表情ではない。楽しそうに微笑んでさえいる。

「考えてもみろ。もし二人とも自衛官だったら、もっと大変だったぞ」

いたずらっ子めいた光が、切れ長の瞳に躍《おど》った。

「お互いにあっちへ行ったりこっちへ来たり。『すれ違い』なんて可愛いもんじゃない。日本全土を使ってスゴロクをやってるようなもんだ。……でも、片方が動かなければ、まだマシだろう?」

「俺……?」

理央は人差し指で、とん、と春暁の胸を突いた。

「そう。おまえだ。体操の隊形に開け。基準は遊佐」

運動のときの体育教師のような号令口調だが、瞳は温かくうなずきかけてくる。ふわりと心が軽くなった。

そうか、と春暁は呟いた。

取り残されることばかり考えて不安だったけれど、理央はとうに、春暁を心の中心軸に据えてくれていた。

自分が動かなければ、理央の方で自分を目指して来てくれるのだ。少なくとも自分は、あそこでずっと店をやっていくつもりでいる。動かないでいてくれ、と理央が望むなら、自分は全力でとどまろう。そして、いつも、いつでも理央をこの胸に抱き止めよう……。

春暁は、たちまち元気を取り戻した。勢い込んでまくしたてる。

「俺が定点になればいいんだな。あんたの帰ってくる場所に。戦闘機にとっての空母みたいに、広い海の真ん中で、俺はいつだってあんたを待ってる」

理央は、ぷっと吹き出した。

「空母とは大きく出たな。大船に乗った気でいていいか」

春暁は、どん、と胸を叩いてみせる。そこへ理央は、白い腕を差し伸べてきた。春暁はその細身のからだを、さっと膝に抱え上げた。

見合わせた顔の中で、自然に唇が引き合う。重なったとき、理央の目に光るものがあった。

自分の気持ちは伝わったのだと思った。

だが。

やっぱり、待ってるだけじゃダメだよな、と春暁は心の中で自問していた。

待つだけなんて、性《しょう》に合わない。というより、苦しい。連絡のとだえた理央を案じながら、ただ祈るしかなかった、この二週間。

理央への想いが溢れても、それを自分の無力さが堰《せ》き止《と》める。理央の立場を変えることができないなら、自分が立ち上がるしかない。

陰膳も悪くはないが、もっと実効のあることを試したかった。

そのためには、とりあえず、人を雇わねば。

今は自分が厨房《ちゅうぼう》のすべてを取り仕切っているが、春暁の計画には、調理のできる人間がもう一人、必要だった。


店に一人で入ってきた理央は、いつものようにカウンターの端に腰かけた。

すぐに、女の子がお冷やとメニューを持っていく。

理央は、「今日のお勧め」にだけ目を走らせていた。定番メニューは、もうすっかり頭に入っているのだろう。

「グラスワインと……キノコと栗のリゾットというのをもらおうかな。あと、ピンチョスを適当にみつくろって」

春暁は斜《なな》め後ろを見返って、声をかけた。

「キノコと栗、ひとつ。ピンチョスお任せで」

「はい、店長」

答えたのは、三日前に雇ったばかりの青年だ。春暁と色違いのエプロンを腰に巻いた彼は、冷蔵庫から下拵《したごしら》えしたヒラタケと栗の渋皮煮を取り出す。そして、手際よくサフランライスと炒《いた》め合《あ》わせ始めた。

理央の目は、春暁からそれて、その青年に向いた。

眉をひそめるようにして、強い視線を当てている。集中してものを見るとき、理央はそういう表情になるのだ。

理央は、自分の部下にあたる衛生科の隊員たちを大切にしているし、駐屯地の隊員すべての健康に、よく注意を払っている。だが、彼らに個人的に興味を持つということは、なかったように思う。

高校時代の部活でもそうだった。どちらかというと、周囲との間に一線を引いていた。その理央が、こんなふうに、他人への興味をむきだしにするのは珍しい。唯一の例外が自分だという意識があったから、心中、ちょっと穏やかでない。

——こいつ、イケメンだもんなあ。

慣れた手つきでフライパンを揺すっている青年を、春暁は横目でうかがった。

求人を出してすぐ面接にやってきたその男を、即決で雇うことにしたのは、彼が調理学校の同期で面識があったということと、同業他店で経験があって、即戦力になると判断したからだった。自分の代理が務まるようになるまで、それほど長くかかってもらっては困る。

もうひとつ、オープンキッチンのこういう店では、やはり料理人の外見も大事だ。お客に好感をもたれる容姿であるに越したことはない。

自分はどちらかというと、愛嬌《あいきょう》のある気安いタイプだ。新たに雇った助手は、愛想が悪くもないが寡黙《かもく》で、やや翳《かげ》のある、すっきりとした容貌《ようぼう》をしている。印象が自分より理央に近い、と、今になって気づいた。

それまでは、雇った助手が料理人としてどうかということしか頭になかった。理央の視線で炙《あぶ》り出《だ》されるように、相手が若い魅力的な男だと気づかされたのだ。

――理央の好みは、むしろこっちとか？

にわかに不穏な気分になる。

リゾットが煮えるのを待つ間に、新人は、綺麗な絵皿にピンチョスを盛り付けて、カウンター越しに差し出した。

「どうぞ」

「……ありがとう」

受け取る理央の顔は、にこやかだった。

どうもわからない。その表情は、嫌味なコーチに向けていた微笑にも似ているが、この控《ひか》えめな助手に、理央が反感を持つ理由などない。だとしたら、やはり好意の表れだろうか。

その夜の理央は、妙に口数が少なかった。春暁が他の客の相手をする合間に話しかけても、生返事で、新人ばかり見ている。

「何を見ている」と質《ただ》すわけにもいかないから、よけい、いらっときた。

「ごちそうさま。お勘定を」

食べ終わると、早々に理央は席を立った。

「毎度ありがとうございます」

女の子がレジに入って、清算をする。

出て行こうとして、ちらっとこちらに流した理央の視線に、春暁は「呼ばれている」と感じた。助手に「頼む」と口の形で伝え、見送りに立つ。

ドアを出たところで、理央は春暁を待っていた。何か言いたそうなのに、踏ん切りがつかないようだ。そんな煮え切らない態度は、彼らしくなかった。

「理央？」

促《うなが》すと、ようやく重い口を開いた。

「あの男は、いつからいるんだ」

誰のことだ、とは春暁は訊《き》かなかった。あいつしかいない。

「三日前から。このまえ理央が来たときは、まだおらんかったな」

少々つっけんどんになったのは、やはり理央があの青年を気にしているとわかったからだった。

「そうか。まだ、そんなものか。でも、その前は……」

日ごろきびきびした理央の口調が、今日は奥歯にものが挟《はさ》まったようだ。ますます怪しい。

「そんなに気になる?」

意図した以上に、尖《とが》った物言いになった。言葉の棘《とげ》に刺されたように、理央は、びくっと肩をすぼめる。

春暁は、片手で頭をがしがしと掻《か》いた。理央が自分以外の男に興味を示したというだけで、殺気だってしまう自分にもいらだつ。

「あんた、今夜は俺よりあいつばかり見てたよな」

料理してる姿がセクシーだとか言ったくせに、と付け加える。

理央はぽかんと口を開けていた。とぼけているのだろうか?

「あいつ、理央と雰囲気《ふんいき》が近いって、さっき気づいたんや。あんた、ああいうのが好みだったりするんか」

理央は目を見開いて、まじまじと見返してくる。こういう目で見られたら、その次は……。

「おまえはバカか」

やっぱりそう来たか。予測がついたので、ダメージは小さかった。

いっぽう、憑《つ》き物《もの》が落ちたように、理央の舌は滑らかになった。

「自分に似た男を好きになるのは、よっぽどのナルシストだぞ。むしろ、好きな男に似ている方が、気になるもんじゃないのか」

「え？」

こっちがぽかんとする番だった。

理央に似ている男を好きになりそうなのは、この場合……。

春暁は、ようやく自分の思い違いに気がついた。心にかかった暗雲が、するすると晴れていく。

「もしかして、そっちが妬《や》いた……？」

「誰がっ」

理央はムキになって否定する。

酒が入って少し色づいていた顔が、みるみる真っ赤になったのが、店先の明かりでも見てとれた。

「待って待って。え、そうなん、わー、俺、妬かれたとかー」

うってかわって調子付いた春暁から、理央は逃げるように歩き出した。その横に春暁も並ぶ。

自衛官が二人以上並んで歩くと行進になると言われるが、そのとおりだ。二人の歩調は、まったく同じだった。

しばらく歩いてから、理央はまた言い出した。

「厨房は、おまえだけじゃ手が回らないのか」

その不服そうな口ぶりでは、どうやら、まだ完全には疑いを消していないようだ。あんがいしつこい。

しかし、面白《おもしろ》がってもいられない。理央の心に不信の種を残しておきたくない。いつまた、危険な任務に就くかもわからない人に。

春暁は、真面目《まじめ》に応じた。

「うちみたいな店だと、料理人は接客しないってわけにもいかないし。手はあった方が、ね」

理央は歩調をゆるめた。春暁も、それに合わせる。モノレールの駅がもう目の前だ。

——ああ、だからか。

理央の足取りが重くなった理由を察して、春暁は微笑んだ。

少しでも長く並んで歩いていたい。その気持ちがいとしい。

「それに、ほら、営業時間中にこんなふうに理央を送ったりできるし？」

バカ、と理央は小さく呟いた。さっきの勢いがなくなって、可愛く聞こえる。

どんな顔をしているのか、のぞき込もうとしたら、さっと背《そむ》けられてしまった。

きっとまた、真っ赤になっているに違いない。ぽつぽつ街灯がともっているだけの夜道では、わかりはしないのに。

なんだかいじらしくて、やきもきさせたのが申しわけない気持ちになった。

ここらで手の内をすべて明かして見せようと、心に決める。

「じつは、ひとつ、考えてることがあって」

春暁は立ち止まり、どう言おうかと迷いながら、こう切り出した。

「俺、やっぱり、自衛隊員でいたいなあ、と」

理央は、くるっと向き直った。眦《まなじり》が吊《つ》り上《あ》がっている。

「なんだと⁉」

「え、あの」

剣幕に押されて、春暁は一歩後ずさった。

「何を考えてるんだ！　おまえにとって、あの店はその程度のものだったのか？　おまえの夢なんじゃなかったのか？　それがわかってるから俺は、わがままは言うまいと……っ」

「違う、違うって」

春暁は必死で手を振り回した。

「俺、予備自衛官に志願しようかと思ってるんだよ」

予備自衛官とは、自衛官経験者がふだんは民間で働いていて、緊急時に召集される制度である。退職して一年以内、在職中に大きな問題を起こしていない春暁なら、採用は確実だった。

「おまえが、予備自か」

理央は意外そうに呟いた。あきれたという表情ではない。

それに力を得て、春暁は続けた。

「店を持つのは長年の夢だったんだ、それを捨ててまで隊に戻る気はないよ。でも、理央と同じ足場を、失ってしまいたくはないんだ」

部外者であることの切なさを、今回つくづくと感じた。

自衛官として覚悟の甘い自分だが、予備自衛官なら、猫の手ほどは役に立てるだろう。

そして、予備役でも隊員なら、何かあったとき、もしかして理央のそばにいられるかもしれない。それが無理でも、同じ組織の一員として、心は寄り添っていられる。何も知らず、何もせず待っているだけより、ずっといい。

「でもさ、予備自の訓練日は年に数回とはいっても、自分の都合のいいようにはいかないだろ？　それにもし、本当に召集を受けたりしたら……。そのたびに、店を閉めるわけにも」

「あの助手は、予備自衛官のための予備料理人でもあるのが」

理央は納得の表情だった。頭ごなしに反対されなくてよかったと、ほっとする。

それにしても、思わぬことで理央の本音が聞けたのは嬉しかった。会えないことで寂しい思いをしていたのは、自分だけじゃなかった。理央も耐えていたのだ。

理央の辛抱《しんぼう》を、ものわかりが良すぎるなどと不満に思っていた自分は、なんと浅はかで愚《おろ》かだったのだろう。まさしく「大バカ」だ。

春暁は、今こそ理央に「バカ」と突っ込んでほしくて、上目遣《うわめづか》いに頭を垂れた。

そんな春暁に、理央は静かに問いかけてきた。

「おまえ、覚えているか。濁流《だくりゅう》を渡るとき、俺のことを……『絶対に流さない』と言ったな」

そうだ、あのときからずっと、それだけの力もないままに、この人を守りたいと願っていた。

他人を守ろうとするこの人を、自分が守るのだ、と。

「予備自のことも、その延長線上にあるのか？」

「及ばずながら」

理央の目を、まっすぐ見つめて答える。その瞳は街灯の光を受けて、濡れ濡れときらめいた。

涙が零《こぼ》れる、と思った。思わず一歩近づく。

「理央……」

だが理央は、鼻をスンと鳴らしたかと思うと、しゃきっと背筋を伸ばした。

「わかってると思うが、予備自衛官は、辞めたときの階級がそのままついて回るぞ。おまえは士長だから、また俺の下になるわけだな」

「え？　え？　それって」

「『もう上官じゃない』とか言えないな？」

「あ」

では、すべては振り出しに戻ったのか。

この間の、蕩《とろ》けるように可愛い恋人は、夢まぼろしになってしまうのだろうか。

そのとき理央は、すっと身を寄せてきて囁いた。

「まあ……優しくされるのも悪くなかった」

そして、まっすぐ前に向き直り、ひとりごとのように言う。

「きつく吸うより、おまえのようにしつこくねちねち吸った方が、長いこと痕が残るようだな」

「あ……ごめん……」

どこかに痕をつけたことを、責められているのかと思った。

理央は小さく舌打ちした。

「バカ」

「え……？」

「俺に、おまえの痕跡をしっかり残してくれってことだ」

どこに、という自分の声は、えらく掠《かす》れていた。

「どこにでも。おまえの好きなところに」

そういえば初めて抱いたときも、似たようなことを言われた。なんのことはない、理央は最初から、春暁の意思に任せてくれていたのだ。

春暁は熱っぽく囁いた。

「そんなら……全部だ、理央。あんたの全てが好きだ」

街灯のとぎれた暗がりで、二人は抱き合った。

唇を重ね、長く、強く、舌を絡める。

ここに痕を残すのは難しそうだ、と春暁は思った。

二週間の遠恋

もう秋だというのに、額にじわりと汗が滲《にじ》む。せっかくの海風も、風向きの関係か、ここへは届かない。

テントの中には、理央《りお》を含めて六人の衛生科隊員――医療スタッフが詰めている。

まだ若い士長が、真剣な顔で洗濯済《せんたくず》みの包帯を巻く横で、理央は午前の仮想診療記録をまとめていた。

ズズンと振動が来て、ペン先がぶれる。この腹に響く重低音は、高射機関砲《ほう》だろう。揺れが静まるのを待って、またペンを走らせる。

理央の配属されている駐屯地《ちゅうとんち》は普通科連隊で、機甲科《きこうか》も特科もない。イベントでは、近隣の駐屯地から彼らが装備をひっさげて応援に来るが、さすがに実弾は使わない。それでも見物の市民は、耳をつんざく轟音《ごうおん》に肝《きも》を潰《つぶ》す。

実弾の発射音は、模擬弾《もぎだん》とは迫力が違う。着弾したときの衝撃など、足元からマグマのように突き上げてくる感じだ。

駐屯地付きの医官である理央は、こういう迫真の演習にはあまり縁がなかった。だが、ここに来てすでに十日。『戦場』の喧騒《けんそう》にも、もう慣れた。

書き終わってペンを置いたとき、泥まみれで目だけを白く光らせた隊員が飛び込んできた。

「そ、想定外の負傷者が、出ましたあっ！」

第一救護所となっているテントの中に、さっと緊張が走った。

これはあくまで演習なので、医療活動についても、「いつどこで誰がどの程度のケガをする予定か」ということは、事前に通告されている。

想定外ということは、本物のケガ人だ。

「なに、ほんまもんか？　そうこなくっちゃ」

嬉しそうにガッツポーズをしたのは、理央と同世代の、体格のいい男だった。どこかの大学病院から転身してきた医官で、高校大学を通じてラガーマンだったという。医官はつねに不足気味なため、民間からも中途採用しなくては間に合わないのだ。

知らない者が見たら、その男の方が生《は》え抜《ぬ》きの防衛医大上がりと思われるかもしれない。体育会系とはいえ、長距離走者だった理央はいかにも線が細く、迷彩色が不似合いだ。

理央はさっと立ち上がり、厳《きび》しい声で若い隊員を叱咤《しった》した。

「所属を名乗れ！　状況を手短に報告しろ！」

飛び込んできた隊員は、あっとばかり、ようやく挙手の礼をとった。

「第三中隊の池上一士《いけがみいっし》、負傷者は同じく、的場《まとば》士長であります。自分のスコップで耳を切りました！」

ラガーマン医官は、呆《あき》れたように呟く。

「破片をくらったとかじゃないのか。間抜けだなあ」

そこへ、首筋から迷彩服の肩先まで血に染めた若い隊員が、仲間に抱《かか》えられるようにして這《は》い込《こ》んできた。

「なんでまた耳なんか……」

理央の独り言《ひとりごと》を質問と捉《とら》えたのか、付き添ってきた仲間が代わって答える。

「テッパチの顎紐《あごひも》が、緩《ゆる》んでたらしいです」

鉄帽《てつぼう》の顎紐と聞いて、理央の頭に、懐かしい映像が浮かんだ。

実弾射撃訓練のとき、落ちてきた的が遊佐《ゆさ》の頭を直撃したのは、やはり鉄帽のベルトをいい加減に締めていたからだ。頭のてっぺんを擦《こす》りながら、遊佐はとぼけた顔で何やらふざけたことを言った。

そのとき爆発した怒りは、安堵《あんど》の反動だった。

後で誤りだとわかった第一報を聞いたとき、血の気が引く思いとともに、絶望と後悔が胸をえぐった。十年の歳月を経《へ》て再会した初恋の男を、こんな形で失うとは。素直になれなかった自分への天罰《てんばつ》かとも思った。

あの後、遊佐は医務室で理央を追いつめた。結果、自分は心にわだかまっていた思いの丈《たけ》を、ようやく彼にぶつけることができたのだ。

酷《ひど》い態度をとってしまったと思う。自分で自分をどうにもできないような激情を、理央はもう、抑《おさ》えられなかった。

だが、たぶんあれが、最後の意地だったのだ。酔《よ》って遊佐に介抱《かいほう》されたときには、心は解けていた。寝たふりで、臆病《おくびょう》なキスを受け入れるほどに……。

自分では気づかないうちに、唇に笑みが浮かんでいたらしい。

民間出身の医官は、びっくりしたように、そんな理央にむかって目を瞬《しばたた》いた。見かけによらずサド、とでも思われたか。

確かに理央も正直、ちょっとサディスティックな気分になっていた。負傷した隊員を遊佐に見立てて、いじり倒してやりたいような。

「弓削《ゆげ》三曹《さんそう》、縫合《ほうごう》の用意。この程度なら、手術車を使うまでもないだろう」

看護師資格のある衛生科隊員が、手際よく器具をトレイに並べる。「局麻《きょくま》はどうしますか?」と確認をとるのへ、理央は、針《はり》とピンセットを手に真顔で言い放った。

「麻酔《ますい》は要《い》らないだろう。五針でいける」

ひえっと裏返った声が上がった。

「や、麻酔なしっすか⁉　そんな、無茶な！　勘弁してくださいーっ」

負傷者は耳を押さえていた手を放し、必死で理央の手首に摑《つか》みかかる。

理央は苦笑した。

「バカ。冗談だ」

大柄《おおがら》な医官も、吹き出すのをこらえている。

にわかにほぐれた空気の中、弓削三曹は「残念」と不穏な呟きを漏らして、麻酔のアンプルを切った。

今回の、陸海空・日米合同の演習は、完全非公開の形で実施《じっし》された。

しかも、理央がこの演習に参加することが決まったのは、ぎりぎり直前になってからだった。

管区内の自衛隊病院からは、若手の外科医がとうに選抜されていた。それが急病で参加不可能になったため、理央に白羽の矢が立ったのだ。

年齢的にもキャリア的にも適任、と思われたらしい。

現地に来てみると、招集された医官は十人以上、大半が外科医だった。

この規模の演習で本来の業務のみなら、半分の人数で足りる。これだけの外科医を特に招集したのは、負傷者の治療のためばかりではなかった。

今回は、開発されたばかりの新型野外手術車の試運転と実地研修も、演習の眼目となっている。その扱《あつか》いを、島嶼《とうしょ》防衛の最前線である西部方面隊の医官は知っておく必要があると、中央が考えたからだった。

最初はこの急な代役を迷惑とも思った理央だったが、手術車の機能的なシステム、最新の設備には、やはり興味を引かれた。

こういうものは、じっさいに使われないにこしたことはない。野外で手術を敢行《かんこう》する必要があるのは、大規模な自然災害か、それこそ非常事態が勃発《ぼっぱつ》したときだろう。

それは武器についても言えることだが、使用されないことを願いつつも、備えなければならないのが、自分たち自衛官の務めなのだ。

その気持ちを新たにする、緊張感のある日々。最前線にいる、という武者震いにも似た昂揚《こうよう》。駐屯地にいたのでは知り合えなかった、他の医官たちとの交流。

ここ数日の理央の生活は、ある意味、とても充実したものになっていた。

ただ一つやりきれないのは、機密扱いの特別演習では、概要《がいよう》を第三者には漏らせないということだった。

出発時はむろんのこと、現地に着いてからも、外部との連絡はいっさい禁じられた。携帯も本部預かりとされ、隊員同士の連絡は無線機頼みだ。

疎遠《そえん》とまで言わないが、理央は肉親とはそれほど密につきあってはいない。ゲイだということも引け目になって、どこか距離を置いている。

心にかかるのは、愛《いと》しい男のことだった。

遊佐と、いきなり連絡を断ってしまった。あの部屋を出るときも、行き先を匂わせることさえしなかった。

自分は、自衛官としての守秘義務を厳格《げんかく》に守った。そのことを誇《ほこ》るより、遊佐がどれほどやきもきしているだろうと思うと、胸をかきむしられるようだ。恋人にそんな思いをさせていることが、何より辛《つら》い。

激務の中で、ふっと息の抜ける瞬間、無意識に手が胸ポケットを探っていることがある。そこにはない、遊佐と繋《つな》がるためのアイテムを求めて。

空《むな》しく手を抜き出しながら、「あいつはわかってくれるはず」と、理央は何度も自分に言い聞かせた。

今は一般人だとはいえ、四年も自衛隊の飯を食った男だ。機密保持は絶対と、熟知《じゅくち》している。恋人同士の間で、いっさいの連絡が断《た》たれる状況が、自衛隊にあっては特殊なことではないとも知っているはずだ。

ふと手を見下ろす。そこにはまだ、くっきりと指の痕《あと》が残っていた。

あの間抜けな隊員の耳は、ちゃんと繋《つな》がった。半年もすれば、傷跡もほとんど目立たなくなるだろう。縫合は、理央の得意中の得意だ。なのに。

——本気でびびって、力いっぱい摑みやがって。

赤く痣《あざ》になっているのを、恨《うら》めしく眺める。

ふいに思った。この指の痕が遊佐のものだったら、と。どんなにか愛しい思いで、自分はそれにほお擦《ず》りしたことだろうに。

そういえば自分は、遊佐に向かって、よく「噛め」とか「抓《つね》ってみろ」とか挑発する。他の男とのつきあいでは、そういうことはなかったように思う。これまでは、どちらかというと相手にお任せというか、熱くならない自分だった。

遊佐は初めての男ではないけれど、初恋の人だ。自分が初めて、心を焦《こ》がした相手。そして、ずっと胸の奥に彼の面影《おもかげ》を抱《いだ》いていた。その男が、どこか遠慮《えんりょ》がちで、自分に対して一歩引いているふうなのが、どうにも気に障《さわ》る。

もっと酷くしてほしいと思うのは、何も痛い思いをするのが好きなわけじゃない。この身に遊佐を刻み付けたい。痕が残るほど、吸ったり噛んだりしてほしい……。

自分の隠れた望みを、遊佐のいないこの場所で思い知ることになろうとは。

せめて鬱血《うっけつ》を散らそうと、理央は手首を強く擦った。

——あいつのことを、俺はいつから好きだったんだろう。

ベッドとも言えないベッドの上で、理央はため息をつき、用心深く寝返りをうった。簡易寝台の幅《はば》は狭《せま》く、隣との隙間は、体を斜《はす》にしてようやく通り抜けられるくらいだ。

それでも、曹士たちよりは恵まれている。彼らは寝袋で、テント内に折り重なって寝ているはずだった。

寝苦しいと不平をこぼすのは贅沢《ぜいたく》だと思いながらも、理央は眠れずにいた。

何日も、遊佐の声を聞いていない。男らしくて張りがあるくせに、どうかすると甘ったれた響きが混じる、あの声。

思いのほかにマメな男で、お互い忙しくて会えないときも、電話やメールが途切れることはなかった。こんなに長いこと、彼の声にも言葉にも触れられないのは、つきあうようになってから初めてのことだ。

その声を初めて聞いたのは、新入部員の自己紹介のときだった。

選手宣誓《せんせい》のように声を張り上げたり、反対にボソボソとしか発言できない彼らの中で、遊佐は自然体だった。陸上部の上級生たちを前に、気後れのかけらもなかった。

そして、新入部員たちの中で、遊佐はすぐ頭角をあらわした。

体力も技能も優《すぐ》れていて、打てば響くような聡《さと》さがある。要領よく「抜く」こともできる。一年坊主にしては使えるやつだと、他の三年生たちの間でも評価が高かった。

いつのころからだろう、そんな遊佐の視線を、背中に感じるようになったのは。

初めは気のせいかと思った。自分は、下級生に慕《した》われるような、男気のあるタイプじゃないと知っていたからだ。よく言えばマイペース、いまひとつ、他者との交流に熱がない。それを欠点とも個性とも自覚していた。

特に遊佐については、気が利《き》いてつきあい上手《じょうず》な彼を、こちらが羨《うらや》ましく思うくらいだったのだ。

その遊佐が、臨時顧問に噛み付いた。

彼の、古臭《ふるくさ》い精神論にかたよった無茶な部活運営に、一年生たちは疲弊《ひへい》していた。

だが理央の見たところでは、遊佐にはまだ余裕があった。自分がきつかったからではない、仲間を気遣《きづか》ったのだということが、理央にはわかった。

恥ずかしかった。一年生の彼に、猫の首に鈴をつけさせるようなまねをしてしまったことが。もっと早く、自分たち上級生が抗議すべきだったのだ。

その思いが、理央を必要以上に辛辣《しんらつ》にした。

表に出したことのない、自分の陰険な部分。成績を鼻にかけ、傲慢《ごうまん》に相手をやりこめた。涼しい顔はしていたが、内心は自己嫌悪でいっぱいだった。

だが、そんな自分に向けてきた遊佐の目は、共感と称賛に輝いていた。その眼差《まなざ》しには、たしかな好意があった。理央は、この後輩に失望されなくてよかったと、しんからほっとした。

そのとき気づいたのだ。自分は遊佐を、ずっと前から意識していたと。

そしてあの日。理央は信じられない思いで、目の前の下級生を見つめていた。

これは告白なのか。自分はコクられているのか。

女子が、好きな先輩の制服の第二ボタンを乞《こ》うように、遊佐は自分の持ち物を欲しがっている。そう解釈《かいしゃく》していいのだろうか。

おそるおそる手を伸ばしたとき、相手が反応しているのに気づいた。

とまどいは一瞬だった。全身がかあっと熱くなった。シナプスが繋がるように、自分と遊佐との間に一直線に迸《ほとばし》って結び合うものを感じて、理央は息苦しいほどの愉悦《ゆえつ》に満たされた。

なのに遊佐は、自分を置いて逃げた。まさしく敵前逃亡。

そのときは深く傷ついたし、恨めしくも思った。だが、今から思えば可愛いものだ。遊佐は、自分の前で「雄《オス》」が反応したとき、上手に取《と》り繕《つくろ》うことも、笑い話にすることもできなくて、遁走《とんそう》するしかなかった。

要領のいい男の、最高に要領の悪い瞬間だったのだ。あの世渡り上手のお調子者が、理央の前では情けなくヘタレてしまう。

それが、たまらなく愛しい。そして、少しばかり、はがゆい。

春暁、と唇を動かしてみる。

まだ面と向かっては、下の名前で呼んだことがなかった。その名を口にするだけで、唇が無性にくすぐったくなる。

と、下肢《かし》にざわざわと、波が立った。

こんなところでまずいと思うのに、火のついた欲をどうしようもない。自分はこんなに、我慢の利かない人間ではなかったはずなのに。

指を下着に忍ばせ、そっと擦り上げる。

「ふ……っ」

漏れた鼻息をごまかすために、軽く咳払《せきばら》いして、また寝返りをうった。そっち側のベッドは、主がトイレにでも行ったのか、空《から》っぽだった。

理央は手の動きを速くした。隣が戻ってこないうちにカタをつけたかった。

だが焦《あせ》れば焦るほど、中途半端な状態から脱出できない。

片手を胸に移し、乳首《ちくび》をつねりあげてみた。

「つ」

痛いだけで、ちっともよくない。

いつも、遊佐はどうしていただろう。その指の動きを、思い出してみようとした。

おずおずと触れてきて、理央に逆らえず、強く弄《いじ》る。だがどこか思い切りが悪くて、立てた爪《つめ》が、横滑《よこすべ》りする……。

『理央さん』

耳元に、甘やかな囁《ささや》きが聞こえたような気がした。摘《つま》んだ乳首に、ずくん、と電流が走る。

「……っ」

ぶるっと重く腰が震えた。

こらえた息を腹にためて、少しずつ吐き出す。吐ききったとき、隣のベッドの住人が、狭い通路をカニ歩きで戻ってきた。

彼がベッドに這《は》い上《あ》がってごそごそするのに紛《まぎ》らせ、理央は息を整えた。やがて、あたりは静寂に包まれた。

あと三日で、この演習は終わる。解放されたら、まっすぐに遊佐のところへ行こう。

それまでに、このいまいましい手首の痣が消えているといい。

代わりに、あいつから新しい所有の証《あかし》をつけてもらうのだ。熱く、痛く、たっぷりと。

理央は満ち足りた微笑《ほほえ》みを浮かべて、眠りに落ちていった。

あとがき

いつき朔夜

読者の皆さま、こんにちは。いつき朔夜《さくや》です。初めましての方、どうぞお見知りおきを。すでにおなじみの方、今後ともよろしくお願いいたします。

毎度苦労している、あとがきのネタですが。

ここしばらく、登場人物の人称とか、筋肉量とか、カップリングの年齢差とか、いろいろ考察してお茶を濁《にご》しております。なのに、いちばん大事なことを忘れていました。

鏡よ鏡、（いつき朔夜の）世界でいちばん美しいのはだ〜れ？

ということで、今回は、「受限定・美人コンテスト」を開催いたします。

振り返ってみると、私はあまり「美しい」「綺麗」という単語を使ってないような。「整っているが地味」「小動物系」「癒《いや》し系」「やんちゃ少年顔」……。文句なしの美形、って、なかなかいないですね。

作中で、はっきり「美形」と言い切ったのは、たぶん三人です。

発行が古い順に並べてみますと、

① 王族の流れを汲《く》む、タイ人留学生。初登場シーンでは、なんと「美少女」。

② 防衛医科大出の、駐屯地《ちゅうとんち》付き医官（本作）。同じく、「すっげえ美人」。
③ 過去のある、裏町のバーテンダー（最新作）。「翳《かげ》のある美貌《びぼう》」。

こうして見ても、美形の方向性はさまざまです。容姿だけで順位をつけるのは、無理があるというもの。

たおやかな美人さんにして、銃器もメスも扱《あつか》えるという「希少な能力」を評価し、栄えある優勝者は、本作のツンデレ医官・浅倉理央《あさくらりお》に決定！

まあ、あとがきなんだから、本作のキャラに花を持たせるのがスジでしょう（ミもフタもない）。

さて私は、過去のあとがきで、「フィクションなので、多少の嘘はお許しください」と弁解したことがあります。

本作でも、現状とは違うことをあえて書いた場面があるのです。

実弾射撃演習で、春暁《はるあき》は「監的《かんてき》」を務めました。しかし現在では、この役目は有名無実となっています。というのは、射撃場の設備がコンピュータ化されて、電子の目が生身の人間にとって代わりつつあるからです。機械萌《も》えもないわけじゃないですけど、やはり人間が介在してほしいので、某駐屯地ご自慢の最新設備を、あえて旧式に逆戻りさせてしまいました。ごめんなさい。

また、入手したネタを、ぜんぶ活《い》かせるとは限りません。泣く泣く捨てるネタもあります。今回は、ペーパーのSSで、そのひとつを復活させることができました。本篇でちらっと触れた、「炊事競技会」がそれ。春暁はたまたま調理師免許持ちですが、ごく普通の男の人が、迷彩服姿でお料理を作る姿は萌えど真ん中でしたので、SSで書けて楽しかったです。しかし、ボタンつけからアイロンかけからお料理まで仕込んでくれるなんて、自衛隊って、なんだか花嫁学校みたいですね。


今回も、たくさんの方にお世話になりました。新書館の皆さまをはじめ、関わってくださった方々に、心から感謝いたします。

イラストの香坂《こうさか》あきほ先生。

白衣やら迷彩服やら制服（軍服）やら、コスプレ並みにいろいろ描いていただきまして、本当にありがとうございました。制服フェチの私には、どのカットも眼福でした。

自分の萌えが、こうして本の形になって、読者の皆さまと共有できるのは、何よりの歓《よろこ》びです。

また、次の本でも、皆さまと感動をともにできますように。

D E A R + N O V E L

カモフラージュ《カモフラージュ〜じゅうねんめのはつこい〜》

カモフラージュ〜十年目の初恋〜

この本を読んでのご意見、ご感想などをお寄せください。
いつき朔夜先生・香坂あきほ先生へのはげましのおたよりもお待ちしております。
〒113-0024 東京都文京区西片2-19-18 新書館
[編集部へのご意見・ご感想] ディアプラス編集部「カモフラージュ〜十年目の初恋〜」係
[先生方へのおたより] ディアプラス編集部気付 ○○先生

初　出
十年目の初恋：小説DEAR+ 12年ナツ号（Vol.46）
十一年目のすれ違い：書き下ろし
二週間の遠恋：書き下ろし

新書館ディアプラス文庫

著者：**いつき朔夜** [いつき・さくや]
初版発行：**2013年11月25日**

発行所：株式会社**新書館**
[編集] 〒113-0024 東京都文京区西片 2-19-18 電話(03)3811-2631
[営業] 〒174-0043 東京都板橋区坂下 1-22-14 電話(03)5970-3840
[URL] http://www.shinshokan.co.jp/
印刷・製本：**図書印刷株式会社**

定価はカバーに表示してあります。乱丁・落丁本はお取替えいたします。
ISBN978-4-403-52337-3

S H I N S H O K A N

✤桜木知沙子《さくらぎ・ちさこ》

現在治療中 全3巻 イラスト あとり硅子
HEAVEN イラスト 麻々原絵里依
あさがお ~morning glory~ 全2巻 イラスト 門地かおり
サマータイムブルース イラスト 山田睦月
愛が足りない イラスト 高野宮子
教えてよ イラスト 金ひかる
どうなってんだよ? イラスト 麻生 海
双子スピリッツ イラスト 高久尚子 (※定価651円)
メロンパン日和 イラスト 藤川桐子
好きになってはいけません イラスト 夏目イサク
演劇どうですか? イラスト 吉村
札幌の休日 全4巻 イラスト 北沢きょう
東京の休日 全2巻 イラスト 北沢きょう
夕暮れに手をつなぎ イラスト 青山十三
恋をひとかじり イラスト 三池ろむこ

✤清白ミユキ《すずしろ・みゆき》

ボディーガードは恋に溺れる イラスト 阿部あかね

✤砂原糖子《すなはら・とうこ》

斜向かいのヘブン イラスト 依田沙江美
セブンティーン・ドロップス イラスト 佐倉ハイジ
純情アイランド イラスト 夏目イサク (※定価651円)
204号室の恋 イラスト 藤井咲耶
言ノ葉ノ花 イラスト 三池ろむこ
言ノ葉ノ世界 イラスト 三池ろむこ
恋のはなし イラスト 高久尚子
恋のつづき 恋のはなし② イラスト 高久尚子
虹色スコール イラスト 佐倉ハイジ
15センチメートル未満の恋 イラスト 南野ましろ
スリープ イラスト 高井戸あけみ
スイーツキングダムの王様 イラスト 二宮悦巳
セーフティ・ゲーム イラスト 金ひかる
恋惑星へようこそ イラスト 南野ましろ
恋愛できない仕事なんです イラスト 北上れん
恋はドーナツの穴のように イラスト 宝井理人

✤篁 釉以子《たかむら・ゆいこ》

パラリーガルは競り落とされる イラスト 真山ジュン
執務室は違法な香り イラスト 周防佑未
マグナム・クライシス イラスト あじみね朔生

✤月村 奎《つきむら・けい》

believe in you イラスト 佐久間智代
Spring has come! イラスト 南野ましろ
step by step イラスト 依田沙江美
もうひとつのドア イラスト 黒江ノリコ
秋霖高校第二寮 全3巻 イラスト 二宮悦巳
エンドレス・ゲーム イラスト 金ひかる (※定価682円)
エッグスタンド イラスト 二宮悦巳
きみの処方箋 イラスト 鈴木有布子
家賃 イラスト 松本 花
WISH イラスト 橋本あおい
ビター・スイート・レシピ イラスト 佐倉ハイジ
秋霖高校第二寮リターンズ 全3巻 イラスト 二宮悦巳
レジーデージー イラスト 依田沙江美
CHERRY イラスト 木下けい子
恋を知る イラスト 金ひかる
おとなり イラスト 陵クミコ
ブレッド・ウィナー イラスト 木下けい子
すき イラスト 麻々原絵里依
恋愛☆コンプレックス イラスト 陵クミコ
不器用なテレパシー イラスト 高星麻子
嫌よ嫌よも好きのうち? イラスト 小椋ムク

✤鳥谷しず《とりたに・しず》

スリーピング・クール・ビューティ イラスト 金ひかる
流れ星ふる恋がふる イラスト 大槻ミゥ
恋の花ひらくとき イラスト 香坂あきほ
恋色ミュージアム イラスト みずかねりょう
新世界恋愛革命 イラスト 周防佑未
神の庭で恋萌ゆる イラスト 宝井さき

✤名倉和希《なくら・わき》

はじまりは窓でした。 イラスト 阿部あかね
耳たぶに愛 イラスト 佐々木久美子
戸籍係の王子様 イラスト 高城たくみ
夜をひとりじめ イラスト 富士山ひょうた
ハッピーボウルで会いましょう イラスト 夏目イサク

✤ひちわゆか《ひちわ・ゆか》

少年はKISSを浪費する イラスト 麻々原絵里依
ベッドルームで宿題を イラスト 二宮悦巳
十三階のハーフボイルド① イラスト 麻々原絵里依 (※定価620円)

✤松岡なつき《まつおか・なつき》

【サンダー&ライトニング 全5巻】 イラスト カトリーヌあやこ
30秒の魔法 全3巻 イラスト カトリーヌあやこ
華やかな迷宮 全5巻 イラスト よしながふみ

✤松前侑里《まつまえ・ゆり》

月が空のどこにいても イラスト 碧也ぴんく
雨の結び目をほどいて イラスト あとり硅子
空から雨が降るように 雨の結び目をほどいて2 イラスト あとり硅子
ピュア½ イラスト あとり硅子
地球がとっても青いから イラスト あとり硅子
猫にGOHAN イラスト あとり硅子
その瞬間、ぼくは透明になる イラスト あとり硅子
籠の鳥はいつも自由 イラスト 金ひかる
階段の途中で彼が待ってる イラスト 山田睦月
愛は冷蔵庫の中で イラスト 山田睦月
水色ステディ イラスト テクノサマタ
空にはちみつムーン イラスト 二宮悦巳
月とハニーベア イラスト 二宮悦巳
Try Me Free イラスト 高星麻子
リンゴが落ちても恋は始まらない イラスト 麻々原絵里依
星に願いをかけないで イラスト あさとえいり
カフェオレ・トワイライト イラスト 木下けい子
プールいっぱいのブルー イラスト 夢花 李
アウトレットな彼と彼 イラスト 山田睦月
ピンクのピアニシモ イラスト あさとえいり
パラダイスより不思議 イラスト 麻々原絵里依
もしも僕が愛ならば イラスト 金ひかる
春待ちチェリーブロッサム イラスト 三池ろむこ
コーンスープが落ちてきて イラスト 宝井理人
真夜中のレモネード イラスト 宝井理人
センチメンタルなビスケット イラスト RURU
はちみつグラデーション イラスト 夏乃あゆみ
もう一度ストロベリー イラスト 小川安積
雲とメレンゲの恋 イラスト 小椋ムク

✤水原とほる《みずはら・とほる》

仕立て屋の恋 イラスト あじみね朔生

✤夕映月子《ゆえ・つきこ》

天国に手が届く イラスト 木下けい子
てのひらにひとつ イラスト 三池ろむこ
京恋路上ル下ル イラスト まさお三月

✤渡海奈穂《わたるみ・なほ》

甘えたがりで意地っ張り イラスト 三池ろむこ
ロマンチストなろくでなし イラスト 夏乃あゆみ
神さまと一緒 イラスト 窪スミコ
マイ・フェア・ダンディ イラスト 前田とも
夢は廃墟をかけめぐる☆ イラスト 依田沙江美
恋になるなら イラスト 富士山ひょうた
さらってよ イラスト 麻々原絵里依
正しい恋の悩み方 イラスト 佐々木久美子
手を伸ばして目を閉じないで イラスト 松本ミーコハウス
ゆっくりまっすぐ近くにおいで イラスト 金ひかる
兄弟の事情 イラスト 阿部あかね
恋人の事情 兄弟の事情2 イラスト 阿部あかね
未熟な誘惑 イラスト 二宮悦巳
たまには恋でも イラスト 佐倉ハイジ
カクゴはいいか イラスト 三池ろむこ
夢じゃないみたい イラスト カキネ
その親友と、恋人と。 イラスト 北上れん
恋でクラクラ イラスト 小鳩めばる
いばらの王子さま イラスト せのおあき
厄介と可愛げ イラスト 橋本あおい